AF322500

PRIX **50** CENTIMES MICHEL LÉVY FRÈRES, ÉDITEURS
RUE VIVIENNE, 2 BIS, ET BOULEVARD DES ITALIENS, 15
A LA LIBRAIRIE NOUVELLE PRIX **50** CENTIMES

THÉODOROS

DRAME EN CINQ ACTES, QUATORZE TABLEAUX

PAR

THÉODORE BARRIÈRE

Décorations de M. CHÉRET. — Musique de M. Victor Chéri. — Ballets de M. Honoré. — Mise en scène de MM. Martinet et Roy. — Costumes dessinés par M. Eugène Lacoste. — Exécutés par Madame Gervais et M. Cavaci. — Machines de M. Clerc.

REPRÉSENTÉ POUR LA PREMIÈRE FOIS, A PARIS, SUR LE THÉÂTRE IMPÉRIAL DU CHATELET,

LE 21 DÉCEMBRE 1868. (DIRECTION DE M. OCTAVE FISCHER.)

DISTRIBUTION DE LA PIÈCE

THÉODOROS, Négus d'Abyssinie		MM. BERTHALET
BIDABEL, prince d'une province révoltée		LARAY
LE DEDJAZ, fils aîné du Négus		BADIN
HASSAN, favori de Théodoros		BOUVART
LE MAJOR BARBICANE		TISSIER
BUTLER, pasteur protestant		AGACHEL
DE GAGEAC, peintre français		CHARPY
CHRISTOPHE-LE-DANOIS		EDMOND GAILLARD
SIR WALTER, ambassadeur anglais		BALSERA
LORD STERNAT, id.		BELACOUR
SKINNER, id.		LAURENT
THOMAS JACKSON		ABEL BRUN
SIR BRISTOLET, président de meeting		DUGEAU
TOM, marchand de thé, puis lord soldat		TOURA
DINES, officier de Théodoros		DONATY
ABOELA, courtisan		PAPONILLET
NEPATÈS, id.		BUCHLOARD
MOHAMMED, id.		BARBER
ACHMEY, id.		BEVICK
HOLLIWELL		HYLIGEBARD
AND...		NOEL
TARGUY		MM. THÉOL.
FLICKNACK, chandelier		WILLIAMS
BURKE		PROST
UN BRASSEUR		PROST
COCKRELL		LANOIX
UN HORSE-GUARD		BUSSEL
AZRAEL, courtiers abyssins		RELAIS
NAIR, officiers de Théodoros		MONVEL
ARSILEM		
MACHEFFA, deuxième fils de Théodoros		Mmes LEROSNIER
BOB, tambour dans l'armée anglaise		MILLA
MAXWELL		BELVALLÉE
SARAH BUTLER		BALDEUS
MISS CLARY		GABRIELLE GAUTIER
LUCIE, Françoise, épouse de Barbicane		MARIE LEBEAU
JANE, fille de Sarah		IRÉNE
ELLEN, id.		FLEURY
LA REINE DES AMAZONES		CHARASSE
LA CHARMEUSE		MONTLAU
LA MARCHANDE D'ORANGES		BELLART

Domestiques de Jackson — Hommes et femmes de Londres — soldats et officiers anglais — Gardes abyssins — Esclaves — Cavaliers — Amazones, etc.

Droits de reproduction, de traduction et de représentation réservés.

ACTE PREMIER

PREMIER TABLEAU

LE PASTEUR BUTLER.

A Londres. Chez Thomas Jackson. Petit salon à gauche, une fenêtre. — Porte au fond.

SCÈNE PREMIÈRE

THOMAS JACKSON, SIR BARBICANE, DE GAGEAC, MISS CLARY, LUCIE.

Au lever du rideau, Jackson est assis à gauche, devant une table, et inscrit des dépenses que lui dicte Miss Clary, debout derrière lui. — Barbicane est à droite derrière une autre table et lit un journal. — De Gageac, à l'opposé de la table, en fait autant. Lucie est près de lui, assise et travaillant.

BARBICANE, lisant: « Théodoros vient de se mettre en guerre ouverte avec l'Europe, en gardant prisonniers des ambassadeurs revêtus d'un caractère officiel. »

DE GAGEAC, lisant aussi: « Théodoros est un homme d'une cinquantaine d'années, aux cheveux grisonnants, au teint simplement bistré. »

JACKSON, déposant: Mille livres de dépenses cette semaine!.. à quoi?... je vous le demande!

MISS CLARY, *souriant*. Vous le savez mieux que moi, mon cher tuteur.

JACKSON, *soupçonnant*. Oui, oui, je le sais. (*Lisant sur son calepin.*) « Commandé seize chapeaux à mistress Road. » Que diable pouvez-vous faire de seize chapeaux ?

MISS CLARY, *riant*. Je les collectionne !

JACKSON. Mais vous mangeriez la fortune d'un pair d'Angleterre !

MISS CLARY. Eh bien ? puisque je suis riche comme deux !

Lucie s'est levée pour aller prendre des bésies sur une petite table placée près de Gagnac.

LUCIE. Oh ! pardon !... je ne vous ai pas fait mal ?

DE GAGNAC. Au contraire... ma cousine.

Ils échangent un regard furtif. Lucie regagne sa place.

MISS CLARY, qui, tout en causant avec Jackson, explique de Gagnac à la dérobée, à part avec dépit. Et ils s'imaginent naïvement qu'on ne les voit pas ! non-seulement l'amour est aveugle, mais il paraît qu'il croit tout le monde myope.

BARBICANE, *lisant*. « Chargé par le gouvernement de la reine, de réclamer nos nationaux, injustement séquestrés, lord Barnay doit attendre six mois une audience de Théodoros. » (*Avec humeur.*) Voyez-vous l'impudence de ce nègre !

DE GAGNAC, *de même*. « Chrétien de religion, mais fanatique comme un Indien, Théodoros est une sorte de civilisateur farouche, d'une activité prodigieuse ; se levant à deux heures du matin, rendant la justice et expédiant dans la même matinée quelques pauvres diables pour l'autre monde. »

LUCIE, *se levant*. Ah ! je me suis trompée de livre. (*Retournant auprès de de Gagnac.*) Vous n'avez pas vu mon peloton bleu, mon cousin ?

DE GAGNAC. Pardon ! le voilà.   *Il le lui donne.*

MISS CLARY, *frappant du pied*. Ils se sont serré la main, j'en suis sûre.

JACKSON, *retenant la voix*. Si je vous ennuie, ma pupille.

MISS CLARY. Eh ! je m'occupe bien de vous. (*À part.*) Une jeune fille qui agirait ainsi, ce serait pardonnable, mais une femme mariée !...

JACKSON, *continuant ses comptes*. « Deux cents livres pour un devis de serre chaude en remplacement de l'aile gauche du château. »

MISS CLARY. Ah ! oui... je voulais une serre.

JACKSON. Et puis vous n'en avez plus voulu... car ces deux cents livres représentent l'indemnité donnée à l'architecte pour un travail inutile.

MISS CLARY. Inutile ? mais il n'a pas été inutile.

JACKSON. Comment cela ?

MISS CLARY. L'architecte a cinq enfants.

JACKSON, *ému*. Bon cœur, mais tête folle. Et je ne saurais trop le répéter : je fus un fou moi-même le jour où je consentis à accepter la tutelle de cette enfant terrible qui a nom : miss Clary.

MISS CLARY, *câline*. Je vous ai donc rendu bien malheureux ?

JACKSON. Comme les pierres, mademoiselle... aussi, qu'il me tarde de vous rendre vos comptes ! heureusement que dans trois mois, jour pour jour et à neuf heures quatorze minutes du soir...

MISS CLARY. Vous déposerez vos pouvoirs...

JACKSON. Et mes comptes de tutelle.

MISS CLARY. Vous serez bien avancé, je ne ferai rien sans vous consulter.

JACKSON. Oui, et quand je m'opposerai à une chose ?

MISS CLARY, *riant*. Ah !... je la ferai tout de même.

JACKSON. C'est à s'arracher les cheveux !

MISS CLARY, *avec malice, en regardant le crâne de Jackson*. Oh ! je suis tranquille !

JACKSON. Mais c'est qu'elle se moque de moi, encore, ce petit monstre-là !...

MISS CLARY, *l'embrassant*. Mon bon monsieur Jackson ?

JACKSON. Oui, oui... je sais que vous êtes prodigue... même de vos baisers...

MISS CLARY. Avec vous.

JACKSON. Pardon !... eh bien ! il ne manquerait plus que...

MISS CLARY. Ah ! vous ne serez pas toujours ma seule dépense.

JACKSON. Vous ? Vous ne vous marierez jamais !

MISS CLARY, *regardant de Gagnac*. Peut-être !... oh ! et je me mets bien dans la tête !

JACKSON. Vous ne vous marierez jamais, vous dis-je. J'en mettrais mes deux mains au feu !...

MISS CLARY, *continuant*. Gardez-les, vos deux mains, vos mains brûlées, cher monsieur Jackson. Gardez-les pour mettre un jour une foule de jolies choses dans une corbeille, pour signer à mon contrat et pour me bénir !

JACKSON, *attendri*. Petite sirène !... (*Reprenant son humeur.*) Soixante paires de bas de soie !... (*D'un ton de douce reproche.*) Soixante !...

MISS CLARY. Mon pied grandit tous les jours.

JACKSON. Menteuse ! (*lisant.*) Onze aunes... en treize mois.

MISS CLARY. Ah ! je vais vous dire, mon tuteur : Toutes les couleurs effrayaient Betty, ma femme, et pour arriver à trouver une nuance qui lui convînt, j'ai dû...

JACKSON. Dire qu'on n'a jamais le dernier mot avec cet enfant-là !

MISS CLARY. Mais non...

JACKSON, *voulant se fâcher*. Plaît-il ?

MISS CLARY, *l'interrompant*. Tenez, ce ne sera pas le dernier.

JACKSON. Chérubin, va ! (*Continuant.*) Soixante paires de bottines.

MISS CLARY, qui a toujours regardé de Gagnac, à part avec chagrin. Oh ! décidément, il n'a des yeux que pour elle... c'est immanquable ! oh ! je lui pardonne.

BARBICANE, *continuant à lire*. « Malgré tous ces griefs accumulés, notre conviction profonde est qu'une guerre en Abyssinie serait une énorme faute. (*s'arrêtant.*) Ah ! c'est trop fort ! Qu'est-ce que c'est que ce journal-là ? »

DE GAGNAC, *lisant*. « Devant tous ces faits, notre opinion arrêtée est qu'une expédition contre le Négus est d'une nécessité immédiate. » (*s'arrêtant.*) Ah ! c'est idiot ! Qu'est-ce que c'est que cette gazette-là ?

BARBICANE, à de Gagnac. Que le diable vous emporte, vous, vous m'avez pris mon journal !

DE GAGNAC. Et vous le mien.

Ils font l'échange.

BARBICANE, *lisant*. « La guerre !... rien que la guerre !... Que toute l'Angleterre s'arme pour aller punir ce sauvage ! Voilà le cri que nous poussons chaque jour. » (*s'arrêtant.*) À la bonne heure !

DE GAGNAC, *lisant*. « La paix... toujours la paix !... Elle seule est la sauvegarde de la puissance de l'Angleterre, elle seule est la source de sa prospérité. » (*s'arrêtant.*) À merveille ! je retrouve mes rédacteurs.

BARBICANE, qui l'a écouté, haussant les épaules. Un tas de guloux !

DE GAGNAC. Et les vôtres ! un tas d'anthropophages !

BARBICANE. Mais enfin, qu'est-ce qu'elle vous a donc fait cette malheureuse guerre ?

DE GAGNAC. La guerre ne m'a rien fait, je la trouve stupide, voilà tout !

BARBICANE. C'est un Français qui parle ainsi !

DE GAGNAC. Oui ! j'ai tant de parents Anglais que...

BARBICANE. Vous avez beau dire, vous êtes Français comme un homme est Française.

DE GAGNAC. Nous ne nous en défendons pas, croyez-le bien, mais enfin... après ? Vous imaginez-vous que les Français se seront bons qu'à se flanquer des gifles avec tout le monde ?

BARBICANE. Ma foi ! c'est encore ce qu'ils font le mieux.

DE GAGNAC. Si je déteste la guerre, c'est qu'elle ne sert à rien, pas même à faire de la place. Ainsi, il est évident qu'il y a encombrement dans la vie et qu'il y a trop d'hommes puisqu'on en trouve toujours sur son chemin et dans ses jambes. Eh bien ! que gagne-t-on à guerroyer ?... Rien, puisque, pendant que des enragés dépeuplent le monde d'un côté, il y a une foule de maniaques qui le repeuplent de l'autre.

BARBICANE. C'est égal... je parie que notre ami Jackson est pour la guerre en Abyssinie.

JACKSON. Ma foi, oui... Elle permettrait peut-être à mon ami Butler de rentrer à Londres... avec sa famille.

LUCIE. Voilà longtemps que vous n'avez eu de ses nouvelles ?

JACKSON. Depuis trois ans... grâce à un voyageur qui avait eu la chance de revenir sain et sauf de ce maudit pays... à cette époque il se portait bien, avait un peu blanchi, mais ses deux filles étaient devenues superbes.

MISS CLARY. Et voilà quinze ans qu'il est là-bas ?

JACKSON. Permettez, je vais vous dire cela au juste. (*Il consulte un carnet qu'il tire de sa poche.*) Oui... quinze ans, trois mois, cinq jours... c'était en 1852. J'avais dû le reconduire jusqu'au Caire avec sa femme et ses deux petites filles qui avaient alors, l'une deux ans et l'autre trois ans... il quittait sa patrie... sa famille, pour aller prêcher dans les déserts notre chère religion. Il fut bon jusqu'au dernier moment ; jusqu'au dernier moment il sut retenir ses larmes, mais, à l'heure de l'embarquement, et quand il aperçut la rame felouque qui devait lui faire remonter le Nil jusqu'à l'Éthiopie, la douleur l'emporta sur le devoir, et il éclata en sanglots, demandant encore à Dieu pardon de se fâcher.

BARBICANE. Pauvre garçon!

JACKSON. Ce fut alors que sa femme, qui depuis plusieurs jours et à notre grand étonnement n'avait pas versé de larmes, lui indiquant du doigt les malles qu'elle avait fait apporter mystérieusement à bord, se jeta dans ses bras en lui disant : « Tu vois bien que tu ne peux pas te séparer de « nous et que tu dois partir avec toi?... »

MISS CLARY. Elle est partie?... oh! c'est bien, cela!...

LUCIE, *avec feu.* Mais quand on aime, on va au bout du monde!

MISS CLARY, *à part.* Lucie a bien envie de voyager.

JACKSON, *continuant.* La digne femme avait combiné tout cela depuis son départ de Londres, et c'est ce qui faisait qu'elle ne pleurait pas!

DE GAGEAC. Brave cœur!

JACKSON. Ainsi, dans les trois seules lettres qui me sont parvenues de lui en quinze ans et demi, il ne parle que du dévouement de sa chère Sarah et de ses deux enfants qui sont sans doute à cette heure bonnes et jolies comme leur mère.

DE GAGEAC. Et maintenant, vous supposez qu'il doit être malheureux?

JACKSON. Si ce que l'on a dit est vrai, et Théodoros a séquestré nos nationaux, Butler a certainement dû tout faire pour obtenir leur liberté... Dieu sait ce que ce roi sanguinaire fait des gens qui le gênent.

DE GAGEAC. Diable! ceci est autre chose!

BARBICANE. Ah! vous voyez bien!

DE GAGEAC. Pardon! je n'entends pas dire qu'il faille faire la guerre. J'entends qu'il faut envoyer des ambassadeurs.

BARBICANE, *riant.* Mais puisqu'il les mange!

DE GAGEAC. Il ne les mangera pas toujours... et la diplomatie saura bien...

BARBICANE. La diplomatie!... Les protocoles... Tenez, vous êtes indécrottable... J'aime mieux me replonger dans mon journal! Au moins il ne dit pas de bêtises, celui-là!

DE GAGEAC, *le regardant en rien.* Et cependant, il pense comme vous.

BARBICANE, *parcourant un col.* Ah! voilà une heureuse nouvelle, par exemple!

JACKSON. Qu'est-ce donc?

BARBICANE, *lisant.* On annonce l'arrivée à Londres, du pasteur Butler, échappé comme par miracle aux persécutions « de Théodoros... Il vient solliciter aide et protection du « gouvernement de la Reine pour ses compagnons d'infor- « tune. Il est descendu Bristol Hôtel! »

JACKSON, *vivement.* Butler! Butler ici! Allons, donc! c'est impossible.

BARBICANE, *lui tendant le journal.* Lisez vous-même, perfide!

JACKSON. Mais oui... c'est écrit... Butler en Angleterre, et je ne l'ai pas encore embrassé... (*sonnant.*) Vite... la voiture... je gage que ce brave ami d'autre est invisible à l'hôtel que parce qu'il ne m'a pas trouvé. (*Regardant Clary.*) Nous avons tant déménagé depuis trois ans! Ah! voilà une bonne journée pour moi.

LUCIE, *vivement.* Pour nous.

MISS CLARY. Je le chéris sans le connaître, ce M. Butler...

JACKSON. Jugez! moi qui l'ai connu.

BARBICANE, *à Jackson.* Je vais avec vous.

JACKSON. Bien volontiers, et nous le ramènerons en triomphe... je ne veux pas qu'il ait d'autre domicile que le mien.

MISS CLARY. Que le nôtre.

JACKSON. Oui, que le nôtre, chère enfant.

UN DOMESTIQUE, *annonçant.* La voiture est en bas.

JACKSON. Bien... en route, Barbicane.

BARBICANE. Partons!... Venez, Lucie. Je tiens à ce que vous fassiez au plus vite connaissance avec un véritable brave homme?

DE GAGEAC, *riant.* C'est poli pour nous, ce que vous dites là.

BARBICANE, *riant.* C'est bien! c'est bien! mauvais plaisant!

JACKSON. Vous venez aussi, de Gageac.

DE GAGEAC, *empressé.* Certainement.

MISS CLARY. Non; Monsieur aura la bonté de me tenir compagnie pendant que je ferai préparer l'appartement de votre ami.

LUCIE, *contrariée, à part.* Elle le retient?...

JACKSON. Allons!... en voiture...

BARBICANE. Et je conduirai moi-même pour aller plus vite! Pristi! je plains vos chevaux, je vais en faire deux locomotives!

Ils sortent.

SCÈNE II

DE GAGEAC, MISS CLARY.

MISS CLARY. Brave tuteur! Il ne donnerait pas sa journée pour dix ans de moins sur sa tête. (*Revenant.*) Mais nous sommes seuls, à nous deux, monsieur de Gageac!

DE GAGEAC. Oh! oh!... quel petit air sévère!

MISS CLARY. Vous ici... Je vais vous confesser.

DE GAGEAC. Faut-il me mettre à genoux?

MISS CLARY. Non pas... On croirait que je vous pardonne.

DE GAGEAC. Et la faute que j'ai commise est impardonnable?

MISS CLARY. Oui, monsieur, allons, confessez-vous.

DE GAGEAC. Par où faut-il commencer?

MISS CLARY. Par la fin, c'est-à-dire par votre dernière faute, votre dernier crime.

DE GAGEAC, *riant.* Oh! mon Dieu!

MISS CLARY. Inutile de dissimuler. J'ai tout découvert. On ne cache pas ces choses-là à une demoiselle à marier, surtout quand elle est Anglaise. Depuis huit jours je vous observe, monsieur, et maintenant, ma conviction est bien arrêtée. Vous aimez Lucie, et cela depuis deux mois.

DE GAGEAC. Oh! quelle erreur!

MISS CLARY. Hein?

DE GAGEAC. Il y en a six.

MISS CLARY, *avec dépit.* C'est tout ce que vous avez à dire pour votre défense?

DE GAGEAC. Pardon! (*baissant la voix.*) J'ai à dire que je suis payé de retour.

MISS CLARY. C'est faux. Dans un moment d'égarement causé par vos perfides paroles, cette pauvre Lucie aura peut-être laissé tomber sur vous un trop doux regard; mais je suis bien sûr qu'à cette heure elle s'en repent.

DE GAGEAC. Je ne crois pas.

MISS CLARY, *s'animant.* D'ailleurs, qu'espérez-vous? puisqu'elle est mariée... (*Apercevant.*) Elle!

DE GAGEAC, *bas.* Ce que je... (*à part.*) Ah! non, je ne peux pas lui dire...

MISS CLARY. Monsieur, votre conduite est abominable! J'ai beau être une tête folle, je suis pour la morale, et j'ai l'honneur de vous déclarer que j'emploierai tous les moyens en mon pouvoir pour vous empêcher de détourner mon amie de son devoir d'épouse. Ce pauvre M. Barbicane! s'il savait?

DE GAGEAC. Oh! il doit comprendre les conquêtes, il aime tant la guerre!

MISS CLARY. Mais c'est la guerre civile cela! et... (*se reprenant.*) il y a bien assez de demoiselles à marier.

DE GAGEAC. Du reste, rassurez-vous, les lauriers du major sont à l'abri de la foudre.

MISS CLARY. Ah! je savais bien... Lucie vous aura fait comprendre l'indignité de votre conduite... Alors votre délicatesse a parlé et a respecté l'honneur du mari.

DE GAGEAC. Ma délicatesse? Ah! s'il n'y avait eu que ça... non, c'est la machine à faire des chapeaux qui l'a sauvé.

MISS CLARY. Que voulez-vous dire? la machine à faire des chap...

DE GAGEAC. C'était pendant l'exposition dernière. Ma cousine Lucie, flanquée de son mari, était arrivée à Paris, que j'habitais alors, pour visiter les produits des quatre parties du monde et voir en même temps la grande ville qu'elle ne connaissait pas. Après avoir constaté que ma jeune parente possédait des cheveux d'ébène, des yeux noirs et une taille de guêpe...

MISS CLARY, *avec impatience.* Passons.

DE GAGEAC, *continuant.* Je m'étais offert avec empressement à leur servir de guide. Pendant un mois, je fus un cicerone modèle : pour complaire à mes hôtes, j'avalais tout, exposition, monuments, conférences, féeries!... en ai-je vu de ces féeries!... avec tout cela, j'en étais pour mon dévouement aveugle, car le sieur Barbicane n'avait jamais la délicate attention de me laisser seul avec sa femme! Enfin! un jour... (*à miss Clary.*) Vous me suivez bien?

MISS CLARY. Mais oui, mais oui.

DE GAGEAC. Un jour, c'était pendant les dernières ascensions du ballon captif, Barbicane eut le désir de s'enlever dans les airs. Il s'enleva donc! et nous restâmes elle et moi sur la terre... Chose étrange! à mesure que le mari s'éloignait de nous, notre esprit s'éloignait de lui et par je ne sais quelle hallucination, il vint un moment où nous crûmes sérieusement l'un et l'autre que le vaillant guerrier était remonté pour tout de bon au ciel... Elle se crut veuve, je la crus libre!... et quand Barbicane redescendit... nous nous étions juré de nous aimer toujours.

MISS CLARY, *riant.* Ah!

DE GAGEAC. J'avais même obtenu un rendez-vous pour le lendemain, jour de réception à l'ambassade. Ivre d'amour, à moitié fou de joie, je m'étais suivi des deux époux dans la galerie des machines. Tout d'un coup, je me sens tiré par le pan de ma redingote, je veux résister, une dent saisit la hanche de mon pantalon et un peu la mienne. C'était l'horrible mécanique en question qui m'entraînait tranquillement dans ses engrenages.

MISS CLARY. C'était bien fait!

DE GAGEAC, *reprenant.* L'homme aux chapeaux instantanés avait perdu la tête, j'allais être broyé. Une seconde encore et je ressortais par l'autre bout sous la forme d'un simple castor, quand Barbicane, avec une présence d'esprit admirable, se précipite sur le frein, arrête brusquement la vapeur, et... Bref, je lui devais mon salut, vous comprenez?

MISS CLARY. Oui, monsieur! il vous était sacré désormais... et il vous le sera toujours.

DE GAGEAC. Ah! pardieu! quand à mon tour je lui aurai sauvé la vie, nous serons quittes, et alors...

MISS CLARY. Quoi? vous seriez capable!

DE GAGEAC, *naïvement.* Je n'attends qu'une occasion.

MISS CLARY, *indignée.* Oh!

DE GAGEAC. Deux fois j'ai cru la saisir; ce diable d'homme s'est tiré tout seul d'affaire... mais elle se représentera...

MISS CLARY, *brusquée.* Mais vous vous préparez des remords éternels!

DE GAGEAC, *avec insouciance.* Ah! bien; dans les vieux jours ça occupe.

MISS CLARY, *pleurant presque.* Ah! Vous êtes un méchant et je vous déteste.

DE GAGEAC, *gaîment, il lui baise la main.* Chère enfant!

MISS CLARY, *émue.* Monsieur Henri!

DE GAGEAC. Ah! mon Dieu! mais avec mon bavardage je vous ai fait oublier monsieur Butler.

MISS CLARY. C'est vrai! qu'on se hâte! *(Elle a sonné. Un domestique entre.)* Faites préparer l'appartement du second.

(On entend au dehors un bruit de voiture.)

DE GAGEAC. Une voiture! *(Courant à la fenêtre.)* Ce sont eux, sans doute... oui les voilà... Et ce vieillard qui les accompagne c'est monsieur Butler, n'est-ce pas?

MISS CLARY, *avec un cri.* Ah! mon Dieu! monsieur Barbicane, qui est resté le dernier sur le siège, ne peut plus maintenir les chevaux.

DE GAGEAC, *regardant.* En effet!

MISS CLARY. La voiture va verser et les chevaux prendront le mors aux dents! courez... non, ne courez pas, c'est inutile!

DE GAGEAC, *riant.* Allons, bon! les chevaux se calment monsieur Barbicane descend de la voiture, il n'y a plus rien à faire!... ce ne sera pas encore pour cette fois.

MISS CLARY, *à part.* Oh! je jure bien que ce ne sera jamais!...

SCÈNE III

LES MÊMES, BUTLER, JACKSON, BARBICANE, LUCIE.

JACKSON, *entrant.* Miss Clary, je vous présente mon meilleur ami, mon frère, le pasteur Butler.

MISS CLARY. Voulez-vous m'embrasser, monsieur?...

BUTLER. Avec bonheur, chère enfant.

(Il l'embrasse.)

JACKSON. M. de Gageac, jeune peintre de talent et notre ami intime.

DE GAGEAC. Votre main, monsieur, je mets dans la mienne toute l'estime et l'admiration que vous m'inspirez.

(Ils se serrent la main.)

JACKSON. Là, et maintenant que les présentations sont faites, asseyons-nous et causons!

BARBICANE. Butler va vous dire où il en est de ses démarches à Londres... *(Frappant sur l'épaule de Gageac.)* Car Butler vient nous demander la guerre contre Théodoros, mon brave!...

DE GAGEAC. Dites donc une chasse contre une bête féroce!

BARBICANE. Chasse ou guerre, c'est tout un.

BUTLER, *vivement.* Vous avez raison, monsieur de Gageac, c'est une vraie chasse qu'il faut faire, et moi, un prêtre, je viens la demander, la réclamer... car cet homme est un monstre! c'est la bête fauve que Dieu permet de tuer... mais, hélas! je ne suis guère plus avancé que le premier jour!

JACKSON. On discute pourtant la question au parlement... et ce soir encore...

BUTLER. Oui, ces gentlemen disent de jolies choses, de très-jolies choses... mais ils calculent combien cela coûtera et quelques-uns trouvent que c'est risquer beaucoup d'argent pour si peu de têtes! et quand je pense que parmi elles il y a celles de ma femme et de mes enfants.

MISS CLARY. Vous avez vu le ministre?

BUTLER. Oui je l'ai vu... Il a daigné me recevoir... mais j'ai manqué d'éloquence... vous comprenez. Je n'entends rien à la politique, moi; on m'a demandé des détails sur la réception de nos ambassadeurs, sur leur séquestration, sur la géographie du pays. Je ne sais qu'une chose, c'est que ma pauvre Sarah et mes filles bien aimées sont là-bas, prisonnières, mortes peut-être à l'heure qu'il est. Ah! tenez, voilà pourquoi je n'ai pas su convaincre le ministre! voilà pourquoi j'ai presque été muet devant lui, quand il m'a parlé d'autre chose que de ma femme et de mes deux filles.

MISS CLARY. Pauvre monsieur Butler.

LUCIE. Mais si le parlement allait dire non!... que feriez-vous?

BUTLER. Oh! c'est bien simple, je mourrais.

MISS CLARY. Mais il ne faut pas que vous mouriez. Ce que vous n'avez pas su dire à tout ce monde-là... eh bien! nous le dirons, nous.

LUCIE. Oui, nous avons des amis! des protecteurs puissants... nous allons nous mettre en campagne.

MISS CLARY. Il faut que le parlement anglais vote l'expédition aujourd'hui même, ou je mets le feu aux quatre coins de Londres.

JACKSON. Barbicane, vous connaissez le ministre? c'est lui qui doit parler ce soir... sa parole peut tout entraîner... courez, répétez-lui ce que vous venez d'entendre... dites-lui, ah! parbleu! dites-lui tout ce que vous voudrez! mais qu'il soit pour nous, avec nous.

BARBICANE, *prenant son chapeau.* Il y sera, ventrebleu!... ou je ne sors pas de chez lui de quinze jours!

LUCIE, *de même.* Moi, je cours chez sir Edwigs, le député de l'opposition, le neveu de mon mari?

JACKSON. Et vous, de Gageac?

DE GAGEAC, *qui a pris son chapeau.* Moi, je vais rendre visite aux principaux rédacteurs des journaux de Londres... je les connais... il faut qu'ils fassent paraître ce soir à propos de la guerre des articles chargés à mitraille!

BARBICANE. Vous y venez donc?

DE GAGEAC. Ah! écoutez donc, il y a des circonstances...

BARBICANE. Eh! il y en a toujours...

JACKSON. Et vous, miss Clary, que comptez-vous faire?

MISS CLARY. Aller chez ma couturière!

JACKSON. Hein?

MISS CLARY. Mistress Bood... la première faiseuse de Londres, celle qui habille toutes les grandes dames de la ville; elle se chargera de les gagner à notre cause.

JACKSON, *allant à la table et écrivant.* Quant à moi, j'ai aussi mon idée... et je crois qu'elle en vaut bien une autre... *(A son domestique qu'il a sonné.)* Ce mot à sir Bristoley, qu'il vienne sur-le-champ.

BUTLER. Ah! mes amis... mes chers amis... comment vous dire... comment vous exprimer?...

JACKSON. Bon! bon, ne les arrête pas. Une minute aujourd'hui... c'est un siècle. Allez mes amis, allez!...

(Il les pousse, tous sortent.)

SCÈNE IV

BUTLER, JACKSON, puis SIR BRISTOLEY.

BUTLER. Ah! les braves cœurs!... tiens! voilà la première joie que je ressens depuis quatre mois... mon brave Jackson.

(Il lui prend les mains.)

JACKSON. Ne perdons pas de temps à discourir... l'homme qui va venir peut nous être extrêmement utile: il s'agit d'improviser pour ce soir même un meeting en faveur des prisonniers d'Abyssinie.

BUTLER. Pour ce soir?

JACKSON. Tu sais bien qu'en Angleterre, l'opinion publique est souveraine, et un meeting ainsi improvisé pèserait d'un poids énorme sur la décision du parlement!

BUTLER. Mais pour ce soir!...

JACKSON. Ce qui serait impossible à tout le monde ne l'est pas à sir Bristoley, mon voisin de campagne et le président né de toutes ces assemblées populaires. C'est lui que je viens de faire chercher et... *(Allant regarder à la porte du fond.)* et tiens, c'est lui qu'on amène.

BUTLER. En effet, un meeting peut tout enlever!...

JACKSON. Il s'avance d'un pas calme et majestueux... Il discourt avec mon domestique... nous tenons notre meeting!

SIR BRISTOLEY, *entrant.* Gentlemen... sir Bristoley dépose à vos pieds ses hommages... Il prie le ciel de faire descendre

en vous le Dieu de la sagesse! et de veiller sur la vieille
Angleterre.

JACKSON *lui avance un fauteuil au milieu du théâtre; il se place sur une chaise à côté de lui. Butler fait de même.* Maintenant de quoi s'agit-il?

JACKSON. Il s'agit, cher voisin, d'accomplir presque un
miracle.

BUTLER. De faire un quasi-prodige.

JACKSON. D'étonner les trois royaumes... Et vous seul au
monde...

BUTLER, *en même temps.* Personne mieux que vous...

JACKSON, *de même.* N'est-ce mesure...

BUTLER, *de même.* Ne peut...

SIR BRISTOLEY. Permettez, ne parlez pas tous les deux à
la fois! La parole est à sir Jackson.

JACKSON. Eh bien! il s'agit, cher voisin, de nous consti-
tuer en meeting, séance tenante!

SIR BRISTOLEY, *bondissant sur son fauteuil et produisant un bruit de sonnette.* Séance tenante!

BUTLER, *surpris par le bruit.* Qu'est-ce que c'est que ça?

JACKSON, *bas.* Sa sonnette, il ne la quitte jamais.

SIR BRISTOLEY. Mais vous êtes fou; un meeting ne se fait
pas comme une omelette.

JACKSON. Si ça n'était pas impraticable, où serait le mérite?

SIR BRISTOLEY. C'est juste... mais pensez donc... et à propos de quoi, je vous prie, ce meeting!

BUTLER. A propos de...

SIR BRISTOLEY, *se tournant vers lui et probablement encore un bruit de sonnette.* Mais taisez-vous donc, vous n'avez pas la parole.

JACKSON. A propos des affaires d'Abyssinie.

SIR BRISTOLEY. Beau sujet! Ah! par la sambleu! beau sujet! contre l'expédition, n'est-ce pas?

BUTLER. Tout ce qu'il y a de plus jour!

SIR BRISTOLEY, *se redressant encore une fois et faisant entendre un bruit de sonnette.* Silence. (A Jackson.) Vous dites donc qu'il
faudrait être pour l'expédition... Très-bien... et je ne vois
qu'une petite objection à faire, c'est qu'il y a huit jours j'ai
justement présidé à Liverpool un meeting absolument contre.

JACKSON. Raison de plus, vous prouverez ainsi que vous
n'avez pas de parti pris, et d'ailleurs, mon ami Butler...

SIR BRISTOLEY, *se levant avec un bruit de sonnette.* Monsieur
Butler, le pasteur qui revient d'Abyssinie?

BUTLER. C'est moi, Monsieur.

SIR BRISTOLEY. Ah! veuillez me pardonner, mais j'ignorais
que vous étiez... j'ai su votre histoire par les journaux... Monsieur Butler, je suis heureux de vous serrer la main. *(sonnette.)*
Vous êtes un coeur énergique *(sonnette.)* et affectueux, monsieur.

BUTLER. Sir Bristoley!

SIR BRISTOLEY. Oui et ce meeting aura lieu... quand je de-
vrais y perdre ma réputation de premier président de Temple
Bar. Faites venir ici tous vos gens. *(Jackson sonne ses domestiques. Bristoley continue.)* J'ai toujours sur moi des lettres
de convocation pour les meetings. *(Une foule de sa poche.)* Les
voici. *(Les distribuant aux domestiques qui viennent d'entrer.)* Tenez,
mes enfants, prenez ceci. Il faut que, dans une heure, toutes
ces lettres soient distribuées dans la ville! Ah! j'oubliais le
plus important! ce modèle d'affiches à l'imprimerie! *(A un
domestique.)* Allez! courez! volez!

Tous sortent.

SIR BRISTOLEY, *se frottant les mains.* Ça marche! ça marche!

SCÈNE V

LES MÊMES, BARBICANE, puis LUCIE, puis DE GA-
GEAC, puis MISS CLARY.

BARBICANE. Me voici. J'ai vu le ministre.

BUTLER. Et il vous a dit?

BARBICANE. C'est moi qui lui ai dit, j'ai été d'une éloquence... il en a pleuré. Je vous apporte sa parole que si ce
soir le parlement vote l'expédition...

BUTLER. Eh bien?

BARBICANE. Elle se fera. Il souriait d'une certaine façon;
il y avait de la poudre dans ce sourire-là! Nous aurons la
guerre!

LUCIE, *entrant.* C'est moi! J'ai vu sir Edwigs, il m'a promis
de faire ce soir le plus beau discours qu'il aura fait de sa vie,
en faveur de la guerre...

TOUS. Bravo!

LUCIE. Si...

TOUS. Ah!

LUCIE. Si le gouvernement est pour la paix! autrement il
sera contre.

JACKSON. C'est juste, un député de l'opposition!

LUCIE. Restait à savoir si le gouvernement était pour la
guerre. Alors j'ai couru chez un député de la majorité qui
m'a affirmé qu'il serait pour la paix.

TOUS. Bravo.

LUCIE. Si!...

TOUS. Ah!

LUCIE. Si l'opposition était pour la guerre.

JACKSON. C'est juste!

DE GAGEAC, *entrant.* C'est moi! J'ai vu six journalistes et
des plus influents... Ils sont tous pour l'expédition.

JACKSON. A la bonne heure!

BARBICANE. Par esprit national, n'est-ce pas?

DE GAGEAC. Non, mais parce que pendant qu'on se bat, le
nombre des abonnés est double. Ils vont tous lancer ce soir
des articles formidables contre la paix.

MISS CLARY, *entrant.* J'ai vu mistress Boul, je lui ai commandé vingt-trois robes, moyennant quoi elle est montée
dans sa calèche et a été faire de la propagande chez toute la
noblesse de Londres... Elle m'a juré que l'expédition serait
votée ou qu'elle renoncerait pour la vie à habiller ces dames.

JACKSON. Alors, nous tenons notre affaire... ça marche! ça
marche!

UN DOMESTIQUE, *entrant.* Voici les affiches.

SIR BRISTOLEY. Ah! voyons ça... *(Tout le monde se lève, Sir Bristoley déplie une affiche : il lisant.)* « A l'instant même, dans Hyde-
» Park, grand meeting en faveur des prisonniers anglais
» retenus par l'infâme Théodoros, roi d'Abyssinie.
                    » SIR BRISTOLEY, PRÉSIDENT. »

TOUS. Bravo!

SIR BRISTOLEY. Que ceci soit immédiatement collé aux
quatre coins de la capitale!...

LE DOMESTIQUE. C'est fait!

TOUS. Bravo.

SIR BRISTOLEY. Alors, il doit déjà y avoir du monde dans
Hyde-Park... il faut courir installer le bureau... ah! jamais
je ne me suis senti autant en train de présider.

BARBICANE. Et je me sens, moi, en train de parler.

LUCIE. Moi aussi!

JACKSON. Et moi aussi; moi qui n'ai jamais rien dit en pu-
blic... s'il le faut, je dirai même à mes concitoyens : Gentlemen, cette fois il ne s'agit plus...

BARBICANE. C'est-à-dire, au contraire, il s'agit...

DE GAGEAC. Il est nécessaire...

MISS CLARY. Il faut...

LUCIE. Vous devez...

JACKSON. Nous devons...

Ils parlent tous à la fois.

SIR BRISTOLEY, *monté sur une chaise et agitant violemment sa sonnette.* Silence! silence! personne n'a la parole!

BUTLER, *bas.* Excepté moi, qui...

SIR BRISTOLEY. Rien du tout! car le meeting nous attend...
et jamais on ne doit faire attendre un meeting... A Hyde-
Park... à Hyde-Park!

TOUS. A Hyde-Park!...

Tout le monde sort en courant. Le théâtre change.

DEUXIÈME TABLEAU

LE MEETING.

Le jardin de Hyde-Park. Bureau du président à gauche. Tribune
devant pour les orateurs.

—

SCÈNE PREMIÈRE

TOM, puis BOB, FOULE, MARCHANDS de toute espèce,
POLICEMEN.

*Au changement, la foule se presse et semble attendre. Des marchands
d'oranges, de pommes, de thé, des vendeurs de journaux, font entendre leurs cris. Tom est à droite, devant une boutique de thé; entre autres. Il
est gris.*

LA MARCHANDE D'ORANGES. Oranges! oranges! belles oranges!

LE MARCHAND DE JOURNAUX. Le Times! le Morning Chro-
nicle!... Ça vient de paraître!... ah! ah!... nouvelles étonnantes ce soir!... étonnantes!...

TOM. Du thé bouillant! qui veut du thé bouillant?...

BOB, *âgé de la Garde écossaise, mais avec un Horse-guard gigantesque.* Ar'rivez donc, traînard!... nous n'aurons pas de bonnes places!

LE HORSE-GUARD. Nous avons le temps, mon petit; nous avons le temps.

BOB. Ah! c'est bien nature, ça! parce qu'il voit et qu'il entend par-dessus tout le monde, toi! Mais faudra vous déshabituer de ces façons de tortue, mon brave, parce que une fois en Abyssinie, je me suis laissé dire par des voyageurs que c'était malsain de flâner en route...

LE HORSE-GUARD. Tu crois donc que nous irons en Abyssinie?...

BOB. Si je le crois... mais c'est-à-dire que si le parlement ne se décide pas à nous y envoyer, j'y vais tout seul!

LE HORSE-GUARD. Mais... j'ai entendu dire qu'il n'y aurait pas d'Écossais-z-en Abyssinie.

BOB. Mais... il y aura des Anglais-z-en Abyssinie.

LE HORSE-GUARD. Eh bien?...

BOB. Eh ben... je changerai de corps et d'instrument, ça qui vient du fifre retournera au tambour.

LE HORSE-GUARD. Tu ferais cela?

BOB. Oui, je le ferai, aussi vrai que vous allez m'offrir une tasse de thé.

LE HORSE-GUARD. Ça, je le veux bien... vu que je commence à avoir froid aux pieds...

BOB, *riant.* Oh! bien, des pieds au casque, il y a de la marge; vous n'éternuerez que l'année prochaine. *(Criant.)* Holà!... marchand... deux tasses... et servez chaud!... Oh! mais... je ne me trompe pas... c'est cet ivrogne de Tom... bonjour, Tom.

TOM. Bob, le petit fifre de la Garde écossaise?...

BOB. Tu es donc dans le commerce, maintenant?

TOM. Oui... Que veux-tu?... des revers de fortune...

LE HORSE-GUARD. Qu'étiez-vous donc avant?

TOM, *avec emphase.* J'étais balayeur.

Le Horse-guard s'incline.

TOM. Mais, j'ai dû donner ma démission, on me faisait des tracasseries.

BOB. Parce qu'au lieu de balayer... *(Faisant le geste de boire.)* tu arrosais...

TOM. J'ai voulu être policeman, mais je n'avais pas la taille.

BOB, *riant.* Es-tu bien sûr qu'il ne te manquait que ça?

TOM, *vexé.* Quoi donc?

BOB. Fureur! Je te connais, au lieu d'arrêter les pick-pockets, tu aurais arrêté les honnêtes gens.

TOM, *triste.* Ah! Bob!... que va penser de moi monsieur?...

Il montre le Horse-guard.

BOB. Oh! il ne comprend pas... il est si grand!... et la preuve c'est qu'il va te régaler aussi. Veux une troisième tasse de thé.

TOM. Non, merci. J'aime mieux autre chose. Le thé m'agite.

Il tire une énorme bouteille de dessous la table et boit à même.

BOB, *levant son thé.* Quand je pense que si tu m'avais écouté, tu aurais peut-être à cette heure une position dans les armées de la Reine.

TOM. C'est pourtant vrai. Tu as voulu me faire engager un jour que j'étais gris de gin, même que j'en avais tant bu que j'ai jamais pu signer mon nom, et que c'est ce qui m'a sauvé.

BOB, *indigné.* Sauvé!... Grand poltron!

TOM. Poltron! moi? J'ai peur d'être tué, voilà tout. Vois-tu, Bob, je ne m'engagerai que le jour....

BOB. Eh bien?

TOM. Où il n'y aura plus d'armée.

Mouvement dans la foule.

BOB. Ah! c'est le président Bristoley qui arrive avec tous les orateurs... le meeting ne va pas tarder à commencer... *(Au Horse-guard.)* Pressons-nous, camarade... Je ne veux pas en perdre une miette.

SCÈNE II

LES MÊMES, SIR BRISTOLEY, SIR TAPOTEY, BURKE LE BRASSEUR, SIR HOLLIWELL, FLICHNICK, *Orateurs.*

Ils entrent aux acclamations de la foule, en formant un cortège.

LA FOULE. Vive sir Bristoley! vive le président!

Fléchissant montent solennellement à la tribune, puis regarde la foule un instant sans parler.

BRISTOLEY. Ladies, gentlemen et cockneys, au nom de la souveraineté populaire et avec la permission de la Reine, je déclare la séance ouverte. *(Applaudissements.)* Je rappellerai à l'assemblée que chacun a le droit de faire entendre ici librement son opinion, à la condition qu'il respectera la Reine, la religion et la vie privée, et qu'il ne se portera à aucune voie de fait sur ses contradicteurs... J'ai dit... qui demande la parole?...

HOLLIWELL. Moi?...

BRISTOLEY. La parole est à Sir Holliwell.

HOLLIWELL, *à la tribune.* Gentlemen! Je ne perdrai pas de temps en longs discours... Je pourrais vous parler des intérêts de nos nationaux arbitrairement retenus dans les prisons de Théodoros... Je n'en parlerai pas... Je pourrais faire vibrer vos cœurs en vous jetant les grands mots d'honneur et de patrie... Je n'en ferai rien. Je pourrais vous dire que notre dignité exige que le drapeau de l'Angleterre flotte avant trois mois dans les plaines de l'Abyssinie. Je m'en abstiendrai.

SIR BRISTOLEY. Mais, orateur, si vous ne voulez rien dire, pourquoi demandez-vous la parole?

HOLLIWELL. Pour qu'un autre ne l'ait pas. *(Protestations.)* Vous voulez absolument que je dise quelque chose, eh bien, la guerre! encore là guerre! toujours la guerre! *(Applaudissements. À Bristoley.)* Êtes-vous content?

BRISTOLEY. J'aime mieux ça.

Applaudissements frénétiques. L'orateur descend de la tribune.

TAPOTEY, *petit et bossu.* Je demande la parole!...

BRISTOLEY. La parole est à Sir Tapotey!

TAPOTEY, *s'élançant à la tribune.* Gentlemen! On connaît ma franchise... On sait que pour mes opinions politiques je donnerais mon sang!... Que dis-je, ma tête elle-même!...

BOB. Et même sa bosse.

TAPOTEY. Eh! bien... Dussé-je vous scandaliser, dussiez-vous m'écorcher, me hacher, m'écarteler... je dirai... que je suis absolument de l'avis de l'honorable préopinant!

Applaudissements.

UN BRASSEUR, *s'élançant à la tribune.* À moi la parole!

BRISTOLEY. Pardon... l'avez-vous demandée?

LE BRASSEUR. Non je la prends...

BRISTOLEY. Permettez... vous plaidez sur l'usage... il faut que vous me la demandiez...

LE BRASSEUR. Mais si vous ne me l'accordez pas...

BRISTOLEY. Eh bien, vous vous retirerez...

LE BRASSEUR. Vous voyez donc bien que j'ai raison de ne pas vous la demander... *(Cris.)* Gentlemen...

BRISTOLEY, *sonnant.* Arrêtez!... je vous rappelle à l'ordre...

LE BRASSEUR. Mais je n'ai encore rien dit!

BRISTOLEY. Vous prenez la parole sans mon autorisation.

LE BRASSEUR. Mais... puisque vous me dites que vous ne me l'accorderez pas.

BRISTOLEY. D'abord, je n'ai jamais dit ça... demandez-moi la parole ou taisez-vous.

LE BRASSEUR, *hurlant.* Eh bien! je vous la demande.

BRISTOLEY, *hurlant aussi.* Eh bien! je vous l'accorde.

LE BRASSEUR. Enfin!... Gentlemen, en montant à... cette tribune... *(au président.)* Que le diable vous emporte, vous, je ne sais plus ce que je voulais dire...

Il avale le verre d'eau sucrée du président, quitte la tribune et redescend majestueusement. Rires, huées, huées. Bristoley agite sa sonnette à tour de bras.

FLICHNICK. Je demande la parole!

Le calme se rétablit.

BRISTOLEY. Sir Flichnick a la parole. *(Mouvement. Quelques voix dans la foule: Écoutons!)*

Bristoley salue majestueusement, monte à son tour, ses auditeurs prennent place au bas de la tribune.

BOB, *président du meeting.* Plus haut!...

Rires. Brouhaha. Flichnick entre en scène.

FLICHNICK, *s'interrompant et souriant.* Gentlemen!... je vais vous faire bien bondir. *(Mouvement.)* Je vais vous indigner... vous révolter... je suis pour la paix! *(Murmures dans la foule.)* Oui, pour la paix!... encore pour la paix, toujours pour la paix... La paix, source féconde de prospérité... *(Nouveaux murmures.)* Je me nomme Flichnick, chapelier... Laidlaw dans le Strand, en face New Adelphi. Ma boutique est facile à reconnaître, elle est peinte en vert...

BRISTOLEY, *criant.* Permettez! permettez!

FLICHNICK, *continuant.* Eh bien!... avant la guerre de Crimée, je vendais en moyenne deux cents chapeaux par jour, ce qui me permettait de les donner à bas prix, vu l'énormité du débit... Survint la guerre! et je fus forcé d'augmenter mon tarif, mon chiffre de vente s'était considérablement abaissé.

BRISTOLEY, *ému.* Mais c'est un prospectus, cela?

FLICHNICK. Aujourd'hui, au contraire, que la paix fleurit,

je puis donner un chapeau comme celui que je porte, en fine qualité, avec ruban au choix et coiffe en cuir, au vil prix de cinq schellings. Le voici !... examinez-le, voyez sa qualité, sa solidité...

Il jette le chapeau dans la foule. On se le dispute.

BRISTOLEY, *criant.* Je rappellerai à l'orateur...

FLICKNICK, *continuant.* Ainsi de ce pardessus pour Derby... toujours grâce à la paix... je puis l'offrir à dix schellings... une misère... pas même le prix de la main-d'œuvre... examinez l'étoffe...

Il jette son paletot dans la foule.

BRISTOLEY, *criant.* Orateur ! orateur !...

FLICKNICK, *continuant toujours.* De même pour ce gilet !...

Mécontentement, rires.

VOIX DE FEMMES. Shocking !

BRISTOLEY, *furieux.* Je vous rappelle à l'ordre !

Cris.

VOIX. Oui !... Oui ! à bas de la tribune !...

Tumulte. Bristoley agite sa sonnette avec rage. Le calme se rétablit.

FLICKNICK. Je me retire donc, mais en protestant... la parole n'est pas libre !... je le soutiens !... et ceux qui ne seront pas contents... n'ont qu'à venir me trouver... voici mon adresse. (*Il jette des cartes dans la foule. Très-grotesquement.*) Je suis à votre magasin tous les jours, de huit heures du matin à minuit. (*Il descend quelques marches; remontant tout à coup.*) Ah ! j'oubliais ! je tiens aussi des jupons pour dames.

Éclats de rire. Brouhaha. Bristoley agite sa sonnette. Flicknick se perd dans la foule.

BRISTOLEY, *quand le calme s'est rétabli.* Ladies et gentlemen, permettez-moi comme président de cette honorable assemblée, de vous faire observer humblement, que tout ce qui s'est dit jusqu'à présent à cette tribune ne rime absolument à rien, et que, comme on dit en France, nous n'avons fait que de la bouillie pour les chats.

Rires, murmures.

LA FOULE. Oui, oui. Le président a raison.

BRISTOLEY. Entre nous, la question ne saurait faire un pas avec des discours tels que celui de sir Flicknick, chapelier.

FLICKNICK, *perdu dans la foule et criant.* Dans le Strand, — boutique verte.

BRISTOLEY, *continuant.* Il est un homme qui, j'en suis sûr, gentlemen, pourrait vous éclairer et vous mettre dans le vrai chemin de la justice et de la vérité. — Cet homme a traversé au péril de sa vie, les horribles déserts de l'Abyssinie, pour venir implorer, en faveur de nos nationaux, les secours de votre humanité et de votre patriotisme. Sa vue seule, j'en réponds, suffirait des Pierre l'Ermite pour cette sainte croisade, car cet homme vous l'aimez et le vénérez tous.

Mouvement. — En ce moment, paraissent au fond : Butler, Jackson, Barbicane, Miss Clary et Lucie.

SCÈNE III

LES MÊMES, BUTLER, BARBICANE, JACKSON, MISS CLARY et LUCIE.

BRISTOLEY, *continuant.* Ce vieillard, ce pasteur de notre chère Église, regardez tous. Le voilà !

Il montre Butler, qui paraît seul en avant des autres.

LA FOULE. Sir Butler ! Vive Sir Butler !

BON, *criant.* Sir Butler à la tribune !

TOUS. Oui, oui. — A la tribune !

JACKSON, *le poussant.* Allons, mon ami.

BUTLER. Quoi ? moi ? — monter à...

JACKSON. Du courage. — Il y va peut-être de la vie de ceux que tu aimes.

LA FOULE. A la tribune !

On hisse Butler presque malgré lui.

BRISTOLEY. Révérend Butler, je vous donne la parole à la demande générale de l'assemblée.

TOUS. Oui, oui.

BUTLER, *très-troublé.* Je vous remercie bien, monsieur le président... croyez que... mais en vérité je suis si troublé encore... jamais je ne pourrai me faire comprendre de vous. Le ministre, déjà, ne m'a pas compris.

TOM, *triomphe, mais se radoucit.* Ce n'est pas une raison.

BON. Bravo, Tom.

LA FOULE. Parlez !... parlez !...

BUTLER. Mon Dieu !... je ne sais que vous dire, moi... car j'étais venu, en effet, pour vous prêcher la guerre ; mais à cette heure, je me demande si je ne commets pas un sacrilège en cherchant à armer des frères contre des frères.

BON, *criant.* Le Nègre n'est pas notre frère... Il n'est pas même notre cousin.

LA FOULE. Bravo ! continuez... continuez !

BUTLER, *de plus en plus ému.* Vous voulez que je continue ?...

TOUS. Oui... oui...

BUTLER. Je vais essayer, et... au fait, c'est bien simple ! Théodoros, au mépris du droit sacré des gens, a jeté dans les fers nos ambassadeurs et nos nationaux... La hache du bourreau est sans cesse suspendue sur leurs têtes... et si elle retombait !... Ah ! c'est que je ne vous ai pas dit !... au nombre des prisonniers, se trouvent ma femme, ma chère Sarah ! et mes deux filles !... L'une a seize ans, l'autre dix-huit... ce sont deux anges d'amour et de charité !... elles étaient tout mon espoir, tout mon bonheur en ce monde ! Et le monstre me les a prises !... et elles sont là-bas captives ! Un hideux cachot a remplacé leur blanc réduit de vierges !... la paille fétide a remplacé les deux petits lits jumeaux où, chaque soir, leurs yeux si doux se fermaient sous un baiser de mes lèvres. Je les vois d'ici, s'abritant pâles et frémissantes, sous l'aile bénie de leur mère. Je sens battre leur cœur, je vois couler leurs larmes, j'entends leur voix suppliante qui me crie : « Père !... père !... viens !... viens vite ! » et la mort viendra avant toi ! (*S'exaltant en sanglots.*) Mes enfants ! mes enfants ! ah ! qui me les rendra ?...

BARBICANE. L'Angleterre !

LA FOULE, *tout d'une voix.* Oui ! oui ! L'Angleterre !

BUTLER. Qu'entends-je ?

BON, *gagnant comme les autres.* Oui, oui, mort à Théodoros !... guerre à l'Abyssinie !

TOUS. Guerre à l'Abyssinie !

Grand mouvement dans la foule.

JACKSON. Je propose qu'on vote l'adresse au Parlement, séance tenante !...

LA FOULE. Oui... oui...

BRISTOLEY. Soit ! que ceux qui sont d'avis que l'expédition ait lieu, veuillent bien lever la main. (*La foule entière lève la main.*) L'expédition est votée !...

TOM. Pardon ! je n'ai pas levé la main.

BON. Tu as levé le coude, c'est la même chose.

BRISTOLEY. Eh bien, levez-la.

TOM. Maintenant, c'est complet.

BRISTOLEY, *à la voix qui s'abaisse.* Richardson, rédigez l'adresse.

SCÈNE IV

LES MÊMES, DE GAGEAC.

DE GAGEAC, *accourant.* Hurrah ! le Parlement vient à l'instant même de faire comme vous. L'expédition est décidée ! Hurrah pour le Parlement.

TOUS. Hip ! hip ! hurrah !

BUTLER. Ah ! merci, Seigneur, merci !

Tous ses amis l'entourent et lui serrent les mains.

TIMOTHY. Je propose que, séance tenante, une liste d'enrôlements soit ouverte sur le bureau de notre président.

Applaudissements.

LA FOULE. Approuvé ! approuvé !

BRISTOLEY. S'il y a ici quelque officier dont c'est le droit, qu'il veuille bien ouvrir la liste des enrôlements.

BARBICANE. Je m'offre !... moi ! le major Barbicane, et j'inscris mon nom au tbau ! car j'irais en Abyssinie comme simple soldat, si le ministre refusait de m'y envoyer.

TOUS. Bravo ! bravo !

DE GAGEAC. Que dit-il ?

BARBICANE. Gentlemen !... que ceux qui veulent servir la reine dans ses représailles contre Théodoros, tyran d'Abyssinie, veuillent bien me dicter leurs noms !... qui inscrirai-je d'abord ?

VOIX NOMBREUSES. Moi ! moi ! moi !

On se précipite vers le bureau, et chacun s'inscrit. Les enrôlements continuent.

DE GAGEAC, *à part.* Barbicane en Abyssinie !... pas moyen de le sauver de là !

MISS CLARY, *suppliante.* Fin du roman, monsieur de Gageac.

DE GAGEAC, *se frappant le front.* Eh bien !... non... Je le suivrai, fût-ce au bout du monde.

LUCIE, *à part.* Me quitter ainsi, l'ingrat !

MISS CLARY. Ils seront séparés du moins... j'aime mieux ça...

BON, *à Tom.* Eh bien, Tom... qu'en dis-tu ?

TOM, *plus gris que jamais.* Ah ! je ne sais pas si c'est le rhum ou les larmes du vieux... mais je suis bien gris !... mais, d'un gris tendre. (*Tombant en pleurant dans les bras de Bon.*) Bah !... je voudrais sauver les enfants du pasteur !

BON. C'est un bon mouvement, Tom, viens vite... (*Il l'en-*

traîne vers le bureau, criant.) Place ! place !... (A l'un des assistants.) Inscrivez Tom Péterson, enrôlé volontaire.

L'ASSESSEUR, qui a écrit. C'est fait !

TOM. Alors, passez-moi une plume que je signe !... (Trébuchant.) Oh ! dépêchez-vous... dans cinq minutes, je ne pourrai plus. (L'assesseur lui passe une plume.) Voilà !... j'ai mis ma croix ! ça y est !... je suis militaire !

NOR, l'embrassant. Tom ! à partir d'aujourd'hui !... je te jure amitié et protection !... A moi maintenant... (criant.) Major ! je veux faire aussi partie de l'expédition, je demande à changer de corps.

HASMIGANE. J'en parlerai à ton colonel.

NOR. Quelle chance ! Vive la reine ! et vive la vieille Angleterre !

TOUS, levant leurs chapeaux. Vive la vieille Angleterre !!

Les enrôlements continuent, etc., (barres,) défilé de ceux qui se sont inscrits.

ACTE DEUXIÈME

TROISIÈME TABLEAU

LE ROI DES ROIS D'ÉTHIOPIE

A Gondar, dans l'habitation royale de Théodoros. — Une grande salle semi-orientale. — A gauche, large porte donnant sur les jardins. — Deuxième plan, à droite, une autre porte. — Porte secrète au premier plan. — Au fond, un escalier conduisant à une vaste galerie.

SCÈNE PREMIÈRE

DJINÈS, Deux Sentinelles, puis BOABDIL.

Au lever du rideau, allure sombre et mystérieuse. La lune jette un éclat blanchâtre par la porte de gauche, le théâtre est dans une demi-obscurité. Deux sentinelles se promènent silencieusement dans la galerie du fond. Bientôt par les jardins, Djinès, officier du palais, pénètre sans bruit.

DJINÈS, les aux deux gardes. L'heure a sonné... êtes-vous prêts?

LES SENTINELLES. Oui !...

Silence. Djinès fait un signe. Boabdil paraît. Djinès lui montre les deux gardes prenant, Boabdil, sans parler, tire de sa ceinture deux bourses et les donne à Djinès qui en les répartit aux deux sentinelles, lesquelles reprennent silencieusement leur faction.

BOABDIL, à mi-voix. Il dort?

DJINÈS. Il dort.

BOABDIL, avec une sombre joie. Le sommeil est frère de la mort !...

DJINÈS. Boabdil, es-tu donc toujours résolu à te venger?

BOABDIL. Toujours. Théodoros a comblé la mesure. Depuis son avènement au trône, que n'a-t-il pas osé? De toutes les tribus indépendantes, il a fait des esclaves ! les peuplades qui ont eu le courage de se révolter, il les a anéanties ! Aujourd'hui même, pour fêter dignement l'anniversaire de son règne odieux, les chefs des dernières provinces insoumises viennent courber la tête devant l'Ogre noir !... Ils pardonnent, ces lâches, je ne pardonne pas, moi... car ma mémoire est fidèle et je n'ai rien oublié !...

DJINÈS, vivement. Ami, ne parle pas si haut !.. Si le Négus se réveillait !

BOABDIL. Il cuve le sang qu'il a bu, il ne se réveillera pas de sitôt. (Il va vers le fond.) Non, je n'ai rien oublié. Mon village tout entier a été livré à la famine. Le Négus a fait raser les moissons. Impossible d'aller au loin demander la vie... Il fallait mourir, tous sont morts.

DJINÈS, d'un ton sombre. Oui.

BOABDIL. Dieu ne laissa qu'un vivant, c'était moi. A tous ces malheureux qui râlaient encore, je jurai de châtier leur bourreau... Je n'ai plus de parents... je n'ai plus d'amis ! je n'ai plus que ma haine. Garde-toi, Théodoros, la vengeance est dans ton palais !

DJINÈS. Boabdil, pour toi je serai traître et parjure... La

trahison cesse d'être une honte, alors qu'il s'agit du bien de tout un peuple...

BOABDIL. J'ai bien des raisons, n'est-ce pas, pour haïr le tyran... mais tu ne les connais pas toutes.

DJINÈS. Il a massacré ton père, tes amis, tes sœurs !... que peut-il encore avoir fait?

BOABDIL. Il tient emprisonnée la femme que j'aime.

DJINÈS. Tu aimes?

BOABDIL. Autant que je puis haïr. C'était après la destruction de mon village ! Blessé, mourant, je vais me réfugier dans une maison isolée. Deux jeunes filles étaient là, belles, oh ! bien belles ! Je veux parler, un voile de sang s'étend sur mes yeux et je tombe évanoui... Lorsque je reprends mes sens, j'étais étendu sur un lit et deux têtes d'anges se penchaient sur moi attentives et anxieuses. Celles qui m'avaient secouru, c'étaient les filles du pasteur Buher...

DJINÈS. Les filles du pasteur?

BOABDIL. Tout à coup je me rappelle que Théodoros ne pardonne pas à ceux qui donnent asile à ses ennemis... et je veux partir... Mais nous entendons au dehors un bruit de voix et d'armes. Ce sont les soldats du Négus... Je veux fuir... il est trop tard ! On frappe rudement à la porte... Ellen, celle dont le regard avait brûlé mon âme, me couvre d'un manteau et pour mieux me cacher, s'étend près de moi... tout près de moi... (Silence.) Puis apercevant ma tête qui dépasse le manteau, par un brusque mouvement, elle dénoue ses longs cheveux et les jette sur mon visage. Au contact de cette chevelure embaumée, je ne puis dire ce qui se passa en moi... Machinalement, à ces tresses soyeuses, mes lèvres frémissantes donnèrent un baiser... Ah ! Djinès, en cet instant je serais mort bien heureux ! Depuis ce jour, Boabdil aime la fille du pasteur. Pour elle je me suis résolu à tout. Ellen, sa sœur et sa mère sont prisonnières du Négus. L'Angleterre tarde trop. Je les délivrerai, moi ! Et leur délivrance rendra la vie à tout un peuple. Je tuerai le Négus.

Musique. Peu à peu le jour paraît.

DJINÈS. Bientôt, cette salle sera pleine de courtisans venus pour saluer leur roi, suis-moi donc. Je sais un endroit où, caché à tous les regards, tu attendras sans crainte. Suis-moi...

BOABDIL. Les jardins s'éclairent. Théodoros, pour toi c'est la dernière fois que se lève l'aurore. A bientôt, roi des rois. Boabdil, lui aussi, viendra fêter ton anniversaire.

Djinès l'entraîne par la porte secrète à gauche, les sentinelles rentrent leur promenade. Entrée des courtisans.

SCÈNE II

ABOULA, NÉPATÈS, MOHAMMED, ABDAR, COURTISANS, GARDES, puis HASSAN.

Ils font irruption dans la grande salle. Riches costumes; manteaux et turbans couverts de pierreries. Ils parlent et causent entre eux. Le théâtre s'est éclairé.

ABDAR, venant de la gauche avec plusieurs courtisans. Salut au seigneur Mohammed ! (Tout s'inclinant de son devant les autres.) Le roi des rois a-t-il eu un bon sommeil?

MOHAMMED, qui a paru par la droite. Selon sa coutume, le maître a travaillé une partie de la nuit. En ce moment il repose encore.

NÉPATÈS. Puisse le souverain être plus souriant aujourd'hui que d'habitude.

ABDAR, bas. A cette heure, l'ambitieux Théodoros doit nourrir de grands projets!

NÉPATÈS, vivement. Plus bas... seigneur Abdar !... Le roi des rois aime peu qu'on cherche à pénétrer ses secrets!

ABOULA, splendidement vêtu, tranquille, très content, s'avançant. Aussi Aboula déclare-t-il être tout prêt à encourager le maître dans tout ce qu'il voudra faire, et à l'admirer dans tout ce qu'il aura fait.

NÉPATÈS, raillant. Le sage Aboula agissait ainsi, je crois, sous le règne précédent?

ABOULA. Oui, et il agira de même encore sous celui qui pourra suivre.

NÉPATÈS. Vous n'avez donc pas d'opinion?

ABOULA, haussant les épaules. Pas d'opinion? Moi, j'en ai trente-six, au contraire.

Des gardes paraissent dans la galerie par le fond et se rangent au fond. Hassan paraît à son tour par la droite, sa fortune rôdaillant, traverse lentement la galerie et disparaît par la gauche.

MOHAMMED. Le favori entre chez le roi.

NÉPATÈS. Le favori !... C'est vrai... Hassan a su prendre le maître... Plus courageux ou plus habile que nous, il sait lui dire en face les plus dures vérités, et ce bouffon a seul le don de dérider le front royal.

Les esclaves noirs envahissent la galerie, descendent précipitamment les degrés et se rangent de chaque côté de l'escalier. Djinès paraît à son tour.

DJINÈS, *du haut des degrés et d'une voix retentissante.* Le roi!

Théodoros entre par la droite, en grand costume d'apparat, il s'appuie sur Hassan.

SCÈNE III

LES MÊMES, THÉODOROS, HASSAN, DJINÈS, GARDES, ESCLAVES.

Silence. Tous les courtisans se sont prosternés. Théodoros contemple un instant cette foule, le front dans la poussière, puis descend toujours appuyé sur l'épaule d'Hassan. Des rideaux ferment la galerie du fond.

ABOULA, *toujours prosterné et d'une voix timide.* Salut au roi des rois!

MOHAMMED. Puissant monarque, salut!

THÉODOROS. Puissant monarque! oui, je suis puissant, je le sais! je sais aussi que c'est à moi seul que je dois ma puissance. Autrefois, à l'aventurier qui cependant se sentait assez fort pour supporter un monde, vous n'eussiez pas donné une poignée de riz pour qu'il apaisât sa faim, un coin de terre pour qu'il pût dormir. Vous le méprisiez tous, vous le chassiez comme un lépreux, comme un chien. Et aujourd'hui que l'aventurier a ceint un diadème et caché aux anciens haillons sous un royal manteau, vous vous courbez devant lui... le front dans la poussière!

NÉPATÈS. Sublime maître, je le jure.

THÉODOROS. Tu me jures... mais tu avais juré jadis de mourir, plutôt que de voir le fils d'une marchande de kousso, régner sur l'antique Abyssinie? Eh bien! Il règne cependant, et tu n'es pas mort! Comment croirais-je à ton serment?

MOHAMMED. Mais moi!

THÉODOROS. Toi, pendant dix années, tu as guerroyé contre moi. J'ai détruit ta province, ta famille, puis j'ai jeté un titre et de l'or dans le sang des tiens, et ce titre et cet or, tu les as ramassés. (à Aboula.) Toi, tu servais mon prédécesseur, il l'avait fait gras et riche, et tu l'enrichis encore aujourd'hui de l'or de mes coffres, et tu t'engraisses des miettes de ma table. (Avec colère.) Ah! tenez! vous avez tort de me rappeler à genoux chaque année que je suis votre maître, car lorsque je vous vois ainsi, j'ai envie de vous donner tort. [illegible] Allons, debout! vous avez assez rampé, serpents, qui un jour redresserez la tête... Que la fortune me trahisse, que la mort arrache le sceptre de mes mains, et je n'aurai à attendre de vous ni une pelletée de terre pour couvrir mon corps sanglant, ni une prière pour apaiser mon âme errante! (Il s'élance à droite sur des courtisans. Des esclaves apportent le narguilé. A Hassan.) Toi seul peut-être me resteras!

HASSAN, *courant et se roulant sur un tapis aux pieds du roi.* Pardon!... Pardon! ô mon gracieux souverain, si la fortune te trahit, crois bien que je t'abandonnerai comme les autres.

THÉODOROS, *avec bonté.* Tu mens!... Je le connais, tu vaux mieux que ces hommes! alors que proscrit et mourant de faim, j'errais dans les rues du Caire, n'as-tu pas partagé avec moi ton dernier morceau de pain?

HASSAN. C'est vrai!.

THÉODOROS. Pourtant tu ne me connaissais pas.

HASSAN. Tu crois ça, mais tu te trompes, ô mon doux maître! depuis huit jours, je te suivais... une semaine était même, je m'étais assis à côté de toi sur la place qui te servait de couche et je t'avais écouté dormir. Tu rêvais de l'Abyssinie, la patrie des hommes libres... dont par parenthèse tu as fait une terre d'esclaves. (Mouvement de Théodoros.) Je ne t'en laisse pas!... Tu rêvais donc et, dans ton rêve, tu étendais la main en parlant de couronne. De ce moment, je crus en toi, et je me jurais... quand le char de la fortune l'emporterait, de monter derrière; je me suis tenu parole... mais tu comprends qu'il faut que ça continue. Si quelque jour, dame Fortune te tournait le dos, après t'avoir fait descendre de sa voiture, ne va pas croire bonnement que je te suivrai, à pied. Non, non, roi des rois, aussi vrai que je m'appelle Hassan et que je suis ton favori, je t'abandonnerai, de même que tous ces braves gens, parce que, vois-tu, si je ne comprends pas la trahison qui ne rapporte guère, je comprends encore moins la fidélité qui ne rapporte rien du tout. (Théodoros sourit.) Tu souris! alors tu ne me crois pas?

THÉODOROS. Allons, je t'ai assez écouté, tais-toi!

HASSAN. Mais...

THÉODOROS. Tais-toi, si tu tiens à ta langue!

HASSAN, *à part.* Tous les mêmes!

Acclamations au dehors.

THÉODOROS. Qui donc, en mon palais, acclame-t-on de la sorte?...

ABOULA, *regardant par le grande dans les jardins.* Maître, c'est ton second fils, Machécha, que ta clémence a tiré des fers où ta justice l'avait jeté et qui vient ici se prosterner à tes pieds.

THÉODOROS, *sombre.* Machécha! en l'honneur de cet anniversaire, je lui ai rendu la liberté... c'est vrai... Et parce qu'il revient, on l'acclame! (Avec colère.) Ah! ils l'aiment encore... ils l'aimeront toujours!

Les acclamations redoublent. — Mouvement.

Entrée Machécha; costume très-simple. Il est pâle et semble souffrant.

SCÈNE IV

LES MÊMES, MACHÉCHA.

A sa vue, quelques courtisans vont pour l'acclamer. Un regard de Théodoros leur ferme la bouche. Aboula et les autres se retirent tremblants sur le passage du jeune homme. Grand silence. Machécha semble écrasé de l'accueil qui lui est fait. Il va lentement vers le roi et met un genou en terre.

THÉODOROS, *avec bonté.* Eh bien! tu dois être fier... Tes partisans te sont restés fidèles... Ils pleurent ton départ... Ils fêtent ton retour!...

Il entre brusquement au seuil de séjour de Machécha.

MACHÉCHA. C'est vous que l'on aime en moi, ô mon père! Ce matin, lorsque vos envoyés m'ont tiré de mon cachot... vous ne savez pas combien j'étais heureux!... Je revoyais le soleil... les roches tapissées de mousses... les champs couverts de moissons... Tout semblait me saluer, tout semblait me sourire! Mais au seuil de ce palais, la joie cesse et le sourire se glace. Mon père retire sa main que venait baiser mes lèvres!... (S'essuyant les yeux.) Je me croyais pardonné... et je ne le suis pas!...

THÉODOROS. Des larmes!...

Il s'éloigne du jeune prince.

UN OFFICIER DU PALAIS, *paraissant par la droite.* Monseigneur le fils aîné du Négus.

THÉODOROS, *sombre.* Mon fils aîné... qu'il vienne!... qu'il vienne!

SCÈNE V

LES MÊMES, LE DEDJAZ.

Le Dedjaz est magnifiquement vêtu; allure farouche et débraillée. Aboula et les autres saluent son entrée. Le Dedjaz va au roi.

THÉODOROS, *avec tendresse.* Je t'attendais! (Après un temps.) Tu es couvert de poussière, et sur ton manteau je vois des taches de sang!

LE DEDJAZ, *avec un mauvais sourire.* Des taches de sang, en effet!... Dans le bourg voisin, chez des paysans, je connaissais depuis longtemps une admirable créature. Ce matin, échauffés par le vin, mes amis et moi nous avons assiégé la maison, et je me suis emparé de la belle paysanne!... Elle suppliait et menaçait, et ses larmes, comme ses menaces, me faisaient rire, lorsque, dans la cabane, son fiancé se précipita furieux. Alors, j'appelai mes compagnons, et tandis qu'ils la tenaient enchaînée, je lui plantai mon propre poignard dans le cœur!... (Avec un rire féroce.) Voilà pourquoi mon manteau est taché de sang!

THÉODOROS, *sévèrement.* Dedjaz, je t'aime... tu le sais... ta nature ardente plaît à la mienne... Mais prends garde, la conduite te fait haïr de mon peuple et tu oublies trop souvent que tu dois régner après moi!

SCÈNE VI

LES MÊMES, DJINÈS, puis LES PRINCES DES TRIBUS VAINCUES.

DJINÈS. Les princes des tribus vaincues sont aux portes du palais.

THÉODOROS. Je les attends... (*Après avoir...*) Rien ne me résiste donc? Rien!

Grande mêlée en scène, combat, désordonné. Les princes, en costume d'apparat, viennent s'incliner devant Théodoros.

DARÈS, *à part en les regardant.* O honte!... des guerriers!... des hommes!

THÉODOROS. Voilà donc le fruit de vos révoltes! Que votre abaissement serve de leçon à tous les rebelles. Qu'ils tremblent! Tous mes ennemis finissent mal; car je règne dans les voies du saint roi David, et j'ai un bon champion là-haut. Qu'ils tremblent donc tous... Je leur arracherai leur couronne... comme je l'arrache à la tienne et j'en ferai des jouets pour mes lions!

Il court à l'un des princes, lui arrache sa couronne et la foule aux pieds. Sur un signe de Djiab, les musiques d'accourt, les domestiques de Labl s'accourt et laissent voir les apprêts du festin royal. Théodoros prend l'escalier, ainsi que ses deux fils et ses principaux capitaines. Tous prennent place.

THÉODOROS. Aujourd'hui, vous ne serez pas servis par de simples esclaves, mais par des généraux, des princes et des rois. (*Aux princes vaincus.*) Qu'on remplisse les coupes! (*Les convives tendent leur coupes d'or. Les princes hésitent. Théodoros reprend, terrible.*) Obéissez! *(Les princes obéissent.)*

SCÈNE VII

LES MÊMES, LES ALMÉES.

Des almées s'avancent et exécutent des danses voluptueuses devant le roi.

BALLET DES ALMÉES.

THÉODOROS. Assez!... vos danses m'irritent!... Laissez-moi seul, je le veux.

Les almées s'éloignent graduellement par les jardins. Théodoros et ses convives quittent la galerie du fond. Les coupes se referment.

THÉODOROS, *à Djiab.* Que pas un être humain n'approche de cette salle, durant nos heures de recueillement... allez!...

Sortie générale, les portes latérales se referment.

SCÈNE VIII

THÉODOROS, *seul.*

Il s'assied à droite sur les coussins. Après un long temps:

J'aime à me trouver seul, dans le silence et avec mes pensées!... Mes pensées!... aucun de ces hommes, de ces plats courtisans ne les comprendrait... Qui donc, hors moi, contemplerait sans vertige ces horizons infinis qui sont les miens?... (*se levant.*) O rêves de puissance et d'ambition!... rêves de gloire! deviendrez-vous une réalité? Les conquêtes!... tout cela là... La guerre!... oui, la guerre avec l'Égypte d'abord, et quand l'Afrique tout entière m'appartiendra, je ferai des soldats de ses hordes sauvages... alors, orgueilleuse Europe, c'est avec toi que continuera la lutte... elle sera terrible... et cette marée humaine, sombre comme l'enfer, je la répandrai sur toi!... Europe, je te vaincrai... et après toi, l'univers!... Un seul peuple, un seul maître! allons, roi des rois! que ton regard d'aigle franchissant l'espace, se repose calme et fier sur les deux continents... Je les vois, je les touche, les deux vastes mondes, avec leurs îles sans nombre que gardent les flots rugissants!... Je vois les villes populeuses élevant vers le ciel leurs dômes étincelants... les palais ruisselants d'or... les colonnes de bronze et les temples de marbre... Et, si les devins ont dit vrai, tout cela sera à moi!... et la grande voix des peuples domptés fera retentir d'un pôle à l'autre le nom impérissable du maître universel! (*Avec un cri de triomphe.*) Théodoros le barbare a pris le monde dans sa large main... et le monde a demandé grâce!... Non... Je ne puis plus vivre ici! Ces forêts, ces plaines sans fin, ces rochers inaccessibles, vomis des entrailles de la terre en courroux, ne me suffisent plus. J'ai tout vaincu, tout asservi, il faut un aliment nouveau à la fièvre d'ambition qui me dévore! Qu'est-ce que l'Abyssinie? un point dans l'espace! J'y étouffe et je me sens à l'étroit dans son immensité!... O rêves! rêves sublimes, vous deviendrez une réalité!

BOABDIL, *qui vient de paraître sur le seuil de la porte secrète.* Non! Dieu ne le veut pas.

SCÈNE IX

THÉODOROS, BOABDIL.

THÉODOROS. Qui ose parler ainsi, qui donc es-tu.

BOABDIL, *s'avançant.* Un martyr.

THÉODOROS. Boabdil!

BOABDIL. Le ciel est en courroux, Négus, tes impiétés et tes crimes l'ont lassé! et sur ta tête royale va s'abattre sa colère.

THÉODOROS, *avec mépris.* Sa colère!

BOABDIL. Théodoros, tu as fait égorger mon père, mes frères sont morts de faim par ton ordre, dans la maison où ils étaient nés. Eh bien, pour ces trois existences moissonnées, rends-moi trois existences, rends-moi les filles du pasteur Butler... L'une d'elles est ma fiancée! Je l'aime de toutes les forces de mon âme! Elle est ma patrie, à moi qui n'ai plus de patrie! ma famille, à moi qui n'ai plus de famille! Eh bien rends-la moi!... rends-moi aussi les deux autres captives et je te pardonne!

THÉODOROS, *avec un éclat de rire.* Tu me pardonnes!

BOABDIL, *suppliant.* Leur grâce! Donne-moi leur grâce!

THÉODOROS. Les filles du pasteur Butler sont enfants de l'insolente Angleterre, elles mourront.

BOABDIL. Tu mens! C'est toi qui vas mourir.

Il a tiré un poignard de son sein.

THÉODOROS. Assassin!

Il veut fuir.

BOABDIL, *se plaçant devant lui.* Je ne suis pas un assassin, mais un juge.

Il lève le poignard. Hassan paraît en présence à la scène, ajuste Boabdil et tire. Boabdil blessé laisse tomber son poignard. La salle se remplit de monde.

SCÈNE X

LES MÊMES, SOLDATS, COURTISANS.

HASSAN, *désignant Boabdil.* Emparez-vous de cet homme, il a voulu tuer le roi.

On se précipite sur Boabdil.

BOABDIL, *se débattant.* Ah! vous ne me tenez pas encore.

Boabdil parvient à se relever, il repousse et renverse les gardes qui le surmontent, s'élance vers les jardins, se fait un passage dans la foule et disparaît en criant: Dieu veut que je vive et je vivrai!

THÉODOROS. Feu! feu sur lui! mort ou vivant il sera le fou!

Rumeurs; plusieurs des soldats tirent dans la direction de Boabdil.

LES COURTISANS, *levant leurs épées et entourant le roi.* Mort aux rebelles et vive Théodoros!

QUATRIÈME TABLEAU

LES PRISONNIERS ANGLAIS

À Magdala, dans la prison-forteresse. — Arcade d'entrée, au premier plan, à gauche. — Vers la droite, au fond, autre porte. À droite, fenêtre praticable, avec des barreaux.

*

—

SCÈNE PREMIÈRE

ELLEN, JANE.

Au changement, la prison est à peine éclairée par la lune. Musique à l'orchestre. On voit entrer par l'arcade de gauche, se soutenant l'une l'autre, Ellen et Jane.

ELLEN. Viens, Jane... ici, au moins nous aurons un peu d'air... Dans cet autre cachot on étouffe... Ici l'on respire..., viens près de cette fenêtre, viens!

Elle attire Jane vers la droite.

JANE. Mais notre mère...

ELLEN. Elle repose, la crise est passée... ne crains plus rien, chère sœur... que ta pauvre âme se tranquillise.

JANE, *avec effort, regardant vers la scène.* C'est qu'elles sont terribles, ces crises... Bonté divine! ces six mois de captivité dans cette odieuse prison lui ont donné les fièvres du pays... Pourquoi Dieu l'a-t-il choisie pour ces affreuses souffrances, lorsque nous étions là, nous?

Elle se laisse tomber sur une pierre.

ELLEN. Ah! c'est une cruelle maladie! De véritables accès de folie! (*Changeant de ton.*) Mais elle repose... sœur, regarde ce ciel, étincelant d'étoiles... écoute le vent chanter dans la montagne.

Silence.

JANE, *tout à ses pensées.* Et pas de nouvelles de notre père !.. seul à travers ces déserts, qui sait s'il n'aura pas succombé... Et s'il a pu parvenir en Angleterre, l'a-t-on seulement écouté !...

Nouveau silence. Elle se retourne vers sa sœur, et comme elle devient toute sombre.

ELLEN. Nous sommes bien malheureuses... Notre vie était si douce jadis... Tout était radieux pour nous... Aujourd'hui un cachot plein de ténèbres est notre demeure, et pour promenade cette salle étroite, où, seuls, les gémissements de nos compagnons d'infortune rompent l'horrible silence qui nous enveloppe ! *(Allant vers la gauche.)* Pauvres amis, ils sont là... Privés de la lumière du jour, bientôt ils seront privés de la vie !

JANE. Nous sommes à la merci de Théodoros !

ELLEN. Et Boabdil qui ne revient pas !... après son attentat contre la vie du Négus, il s'était jeté dans le désert... un avis secret nous avait tout appris : « J'attendrai sur la route d'Europe le retour de votre père ! » nous disait-il. Et Boabdil n'est pas revenu !

JANE. Cette prison, ma sœur, sera notre tombeau !

Sarah, pâle, défaillante, couverte de [illegible], à paru par la gauche.

SARAH, *d'une voix éteinte et se soutenant aux murailles.* Qui parle ici ?

SCÈNE II

LES MÊMES, SARAH.

ELLEN, *l'apercevant et courant à elle suivie de Jane.* Ma mère...

SARAH, *leur prenant les mains.* Vous !... c'est bien vous, n'est-ce pas ?... Je vous cherchais !... mais pourquoi ne pas prendre de repos ? voulez-vous donc que, comme moi, la souffrance vous cloue sur votre couche ?

JANE. Chère mère...

SARAH, *regardant les deux jeunes filles.* Pourquoi ces figures anxieuses... je vais mieux... oh !... bien mieux... je ne suis plus malade... *(Tout à coup se tordant les mains avec effroi.)* Oh !... que je souffre... quand donc le trépas viendra-t-il ?...

LES DEUX JEUNES FILLES, *avec un grand cri.* Mère !...

SARAH, *vivement.* Non !... non !... je blasphème !... j'ai tort... je veux vivre... vivre pour vous et pour lui... pour Butler !

ELLEN, *avec terreur à Jane, bas.* Sœur, vois donc... ses yeux deviennent fixes !... c'est une nouvelle crise...

JANE, *s'élançant vers la gauche.* Du secours !... du secours !...

Paraissent lord Sternay, Skinner, Walter et deux autres prisonniers anglais.

SCÈNE III

LES MÊMES, LORD STERNAY, WALTER, SKINNER, PRISONNIERS.

Ils sont pâles, émaciés, leurs habits déchirés, poussiéreux.

JANE. Lord Sternay !... Sir Walter !... regardez... regardez...

Elle montre Sarah que soutient Ellen.

SARAH, *l'œil hagard.* Pourquoi appeler ?... pourquoi demander du secours !

STERNAY, *s'avançant.* On ne nous a pas appelés, mistress...

WALTER. Comment vous trouvez-vous cette nuit ?...

SARAH, *d'une voix sourde.* Je ne sais pas ! *(Elle se lève tout d'un coup. Elle porte les mains à son front et fait brusquement vers la droite.)* La fièvre !... elle vient... la voilà ! oh ! je la dompterai... je... je...

Elle chancelle et tombe en se tordant dans les bras de ses filles.

STERNAY. Théodoros ! tu rendras compte un jour de toutes les misères qui naissent de ta cruauté !

SIR WALTER. C'est aussi trop de douleurs, trop de désespoirs... Quel est notre crime ?... nous avons refusé, comme les autres, de ramper aux pieds du Négus !... et il nous a jetés en ces cachots... dans l'ombre... dans le silence...

SKINNER. Et nos prières peuvent-elles monter au ciel ?... on le cache à nos yeux... on nous défend de le contempler...

SIR WALTER. Nous sommes là, dans les entrailles des rocs... et nous mourrons étouffés, sans qu'un seul cri de nos lèvres arrive jusqu'à nos frères !...

STERNAY, *d'une voix ferme.* Amis ! la justice est avec nous ! soyons forts !

SARAH, *suffoquant.* Oh ! mes enfants !... mes enfants chéries !

Elle éclate en sanglots.

JANE, *joyeuse.* Elle pleure, les larmes vont la soulager !

Bruit du côté de la fenêtre. Mouvement général.

WALTER. Qu'est cela ? *(Il court à la fenêtre et regarde.)* Il me semble distinguer dans l'ombre une forme noire qui, s'accrochant au roc, se hisse jusqu'ici !

STERNAY. Un espion du Négus, sans doute.

ELLEN, *avec espoir.* Un ami peut-être !

BOABDIL, *paraissant derrière les barreaux.* Un ami, tu l'as dit, jeune fille.

TOUS. Boabdil !

ELLEN. Boabdil ! ah ! je savais bien qu'il reviendrait !

TOUS. Silence !

Par un suprême effort, Boabdil de ses deux mains écarte deux barreaux qui se tordent et lui livrent passage.

SCÈNE IV

LES MÊMES, BOABDIL.

SARAH, *à part.* Quelles nouvelles apporte-t-il ?... Qu'est devenu Butler ?

ELLEN ET JANE. Qu'est devenu notre père ?

STERNAY. Espérez !...

BOABDIL, *silencieux et grave met un genou en terre devant Sarah.* Femme, ton époux te salue...

SARAH, *avec un grand cri de joie.* Il vit !

TOUS. Il vit !

Boabdil met un doigt sur ses lèvres.

SARAH, *haletante.* Vous l'avez vu ?

BOABDIL. Oui... je ne vous dirai pas par quels miracles j'ai pu, moi, proscrit dont la mort est jurée, passer sain et sauf à travers les embûches de mes ennemis, et parvenir jusqu'à la mer. Pourrais-je raconter ce que j'ai souffert durant ces longues heures d'attente... avec ce désert mouvant devant les yeux, implacable comme la solitude, silencieux comme la mort ?... Enfin, un jour, comme le soleil se levait, je vis au loin étinceler une voile... puis deux, puis dix ! bientôt la mer fut couverte de fiers bâtiments, aux pavillons éclatants... Ils avançaient superbes, refoulant les vagues furieuses et lançant aux échos les foudres de leurs canons... C'était la flotte anglaise !... c'était la vengeance ! c'était Butler !

TOUS. *A mesure que Boabdil a parlé, la plus grande émotion s'est peinte sur tous les visages. Les prisonniers ont écouté, anxieux, frémissants. A la fin, ne pouvant plus contenir leur joie, ils se précipitent dans les bras l'un de l'autre et s'écrient :* Hurrah ! vive Butler !

BOABDIL. Silence !...

ELLEN, *embrassant Sarah.* L'Angleterre a écouté la voix du pasteur, les supplications du père.

JANE. Nous sommes sauvés !

BOABDIL. Oui... mais il faut fuir à l'instant.

SARAH. Fuir !

BOABDIL. Boabdil a été plus prompt qu'aucun espion du Négus... A cette heure, le tyran ignore l'arrivée de l'expédition... Mais avant peu peut-être il saura tout et sa colère sera terrible ; c'est sur les prisonniers anglais, sur la famille du pasteur qu'elle tombera d'abord... il faut fuir !...

STERNAY ET WALTER. Boabdil a raison...

BOABDIL. Djinès et Achmet attendent au bas du rocher... Tout est prêt pour votre fuite ! venez !... venez !

Il va à la fenêtre. Musique.

SKINNER. Hâtez-vous, mistress.

STERNAY, *à Jane et à Ellen.* Allez, enfants, allez !

WALTER, *qui est remonté et a prêté l'oreille.* Alerte ! j'entends des pas... on vient ici...

ELLEN. Ah ! fuyez... fuyez seul... si vous étiez reconnu ce serait la mort pour vous !

BOABDIL. Fuir sans toi !...

ELLEN, *bas.* Il le faut... je le veux, je t'en prie !...

BOABDIL, *couvrant sa main de baisers.* J'obéis... j'obéis !... *(Il s'élance par la fenêtre. Près de disparaître.)* Je veillerai !

La porte du fond s'ouvre. On entend tomber des barres de fer. Puis on seuil paraît un geôlier, suivi des gardes portant des flambeaux. Ils se rangent de chaque côté de la porte. Paraît Théodoros. Il marche lentement.

SCÈNE V

LES MÊMES, *moins* BOABDIL, THÉODOROS, UN GEÔLIER, GARDES.

LES PRISONNIERS, *stupéfaits.* Le Négus...

STERNAY. Que vient-il faire?

Sarah serre contre elle ses deux filles. Sternay, Théodoros, venant de droite et de gauche des profondeurs, descend en scène. Bientôt il s'arrête et toise les prisonniers immobiles et anxieux.

THÉODOROS. Les voilà donc ces orgueilleux Européens... qui, plutôt que de s'humilier devant moi, ont préféré se faire traîner en ces tombeaux...

STERNAY, *fièrement*. L'homme de cœur peut souffrir, il ne s'abaisse pas!

THÉODOROS, *raillant*. A quoi donc, vous ont menés cette arrogance et ce soi-disant courage! Répondez!... Vous voilà pantelants... brisés... vos yeux n'ont plus de regards, vos veines plus de sang... Le souffle du vent vous renverserait... vos pieds ont à peine la force de vous soutenir... vous ne marchez pas, vous rampez... vous ne parlez point... vous râlez... Vous voyez donc bien que je suis plus puissant que vous, puisque, de vous qui me braviez, j'ai fait des fantômes, presque des morts. *(Quelques murmures se font entendre.)* Mais vos souffrances et vos faiblesses présentes nous suffisent... Nous avons commencé par la cruauté... Que vienne à présent la clémence...

Murmure d'étonnement.

SARAH, *avec une lueur de joie*. Que dit-il?

THÉODOROS. La paix, je la demande!... assez de foudres et de tempêtes... l'Abyssinie a besoin de calme... Assez de sang versé... je n'en veux plus! *(Aux ambassadeurs.)* Prisonniers européens, je vous fais grâce! *(A Sarah et aux jeunes filles.)* Femmes, vous êtes libres!

SKINNER. Ce langage!...

THÉODOROS. L'Angleterre n'a pas osé venir réclamer ses ambassadeurs! mes menaces l'ont épouvantée!... son silence désarme ma colère!... Elle s'humilie!... C'est bien!...

STERNAY, *éclatant*. L'Angleterre ne s'humilie point... et si tu en doutes... Négus.

WALTER, *s'élançant sur lui*. Milord! taisez-vous... laissez vivre ces pauvres femmes... Après, nous répondrons aux affronts qu'on nous jette...

Sternay baisse la tête. Théodoros est allé à Sarah.

THÉODOROS, *reprenant sa mauvaise assiette*. Femmes, croyez-le... c'est pour nous une grande joie de faire une fois en notre vie, un peu du bien. Vous souffrez... Vous reverrez la lumière du jour, le soleil, et la vie renaîtra...

SARAH. Ah! cette générosité!...

THÉODOROS, *avec émotion*. Remerciez-moi... vos paroles amies me font du bien à l'âme; par elles j'oublierai peut-être mon sinistre passé...

SARAH, *reclame*. Mon Dieu!...

Les prisonniers s'avancent et suivent la scène stupéfaits.

STERNAY, *regardant Théodoros*. Est-ce vérité? est-ce mensonge?

WALTER, *à mi-voix*. Regardez, lord Sternay, sur la face bronzée du Négus... on dirait des larmes qui coulent...

SKINNER ET LES AUTRES, *se rapprochant*. Des larmes!...

THÉODOROS. Je veux parler à cet enfant... *(Mouvement de Sarah.)* Ne tremble pas... le Négus te répond d'elle...

SARAH, *remontant avec Jane*. Que va-t-il lui dire?

Elle rejoint Sternay et les autres tous se tiennent à l'écart; seuls Théodoros et Ellen restent sur le devant de la scène.

THÉODOROS, *à part*. A nous deux, jeune fille!... oh! je le jure! et tu sais où se cache ce maudit qui a nom Boabdil, tu me le diras!

ELLEN, *un peu tremblante*. Quel secret Votre Majesté a-t-elle donc à révéler à la fille du pasteur?...

THÉODOROS. Enfant!... quand tu m'auras entendu, pour Dieu! ne recule point... ne me repousse pas!... car, vois-tu! un mot de tes lèvres peut faire de moi un être éternellement bon et clément... un mot de tes lèvres peut aussi rendre plus terrible et plus furieuse ma férocité native...

ELLEN. Parlez...

THÉODOROS. Tu es belle, jeune fille, belle d'une beauté étrange; la fleur du nymphéa est moins blanche que toi... les yeux de la gazelle sont moins doux que les tiens... lorsqu'on te regarde, une ineffable félicité s'empare de vous et vous transporte au séjour délicieux où sont les élus... je t'ai regardée, et cette félicité suprême, je l'éprouve... Ellen! Théodoros le tigre indompté, Théodoros la terreur de ces contrées, se courba devant toi et te dit: Je t'aime!

ELLEN, *tremblant*. Ah!

THÉODOROS. Oui!... je t'aime, je t'aime!... et il faut que tu m'aimes aussi! pour toi je suis prêt à répudier mon épouse! je suis prêt à m'asseoir sur ce trône redouté qui est le mien et à ceindre ton front du souverain diadème... Réponds... acceptes-tu?

ELLEN, *tremblante*. Oh! quelles paroles avez-vous prononcées, seigneur!... Ellen... l'humble fille du pasteur... votre épouse!... oh! non, non, c'est impossible!...

THÉODOROS. Tu refuses...

ELLEN, *tremblant*. Puis-je croire que Théodoros songe à descendre jusqu'à moi.

THÉODOROS. Je ne descends pas, je t'élève! refuses-tu? réponds!

ELLEN, *effarée*. Je ne refuse pas... Mais... oh! non! c'est impossible!

THÉODOROS, *terrible*. Impossible!

SARAH. Qu'y a-t-il?

THÉODOROS, *terrible*. Silence!

ELLEN, *joignant les mains*. Seigneur! seigneur! ayez pitié de moi!

THÉODOROS, *passant à gauche*. De la pitié dis-tu? L'esprit de folie s'est-il emparé de toi! Quoi! je t'offre mon amour, et tu réponds par des larmes! *(Lui saisissant les mains.)* Ellen! oh! l'on m'avait donc dit vrai... tu en aimes donc un autre?

ELLEN. Seigneur!

THÉODOROS. C'est lui, n'est-ce pas?... c'est ce traître qui a levé le poignard sur son roi... ce Boabdil enfin!

ELLEN. Je vous jure...

THÉODOROS. Ne cherche pas à nier... c'est lui que tu aimes! je sais tout!

ELLEN. O mon Dieu! mon Dieu!

THÉODOROS, *appuyant sur chaque mot et plongeant ses yeux dans les yeux de la jeune fille*. Que ton amour se voile de deuil! Boabdil est mort...

ELLEN, *avec un grand cri, portant la main à son cœur*. Mort!

THÉODOROS, *lui étreignant les mains*. Ce matin... au lever de l'aurore, il a reçu le prix de sa rébellion et sa tête est tombée sous la hache!

ELLEN, *radieuse, avec un air de joie*. Il ment?

THÉODOROS, *qui a vu sa joie, à part avec colère*. Elle l'a vu aujourd'hui!... Je voulais savoir... je sais! *(Avec une exclamation de rage, marchant par le prince vaincu aux bras tordus.)* Venez tous... et répondez... Boabdil a pénétré ici. *(Grand étonnement. Avec éclat.)* Répondez donc! N'est-ce pas que vous l'avez vu?... qu'est-il venu faire?... qu'est-il venu dire?... vous vous taisez... la torture vous fera parler!...

SARAH, *avec un grand cri, cachant ses filles*. La torture!...

THÉODOROS. Oui! nous connaissons d'odieux supplices. Vous parlerez...

SARAH, *épouvantée, se jetant aux pieds de Théodoros*. Grâce!... pitié!

THÉODOROS. De la pitié!... non!... non!... La torture pour tous... *(A Sarah.)* pour toi, femme, pour tes filles...

SARAH, *éperdue*. Mes enfants!... mes enfants!... qu'ont-elles fait?... elles sont innocentes... la torture pour elles, non!... prenez-moi... martyrisez-moi... tuez-moi... mais elles? pitié!... pitié pour mes enfants!...

THÉODOROS, *désignant Sarah et ses filles aux soldats*. Emmenez ces femmes!

SARAH, *à moitié folle*. Non! non!

THÉODOROS. Parlez alors!

SARAH. Eh bien! oui, Boabdil a pénétré ici...

ELLEN ET JANE. Mère!

SARAH. Tu me donnes la vie de mes enfants en échange d'une lâcheté et d'une trahison: tu n'as pas à te plaindre!...

THÉODOROS. Et que vous a-t-il dit?... que vous a-t-il dit?... *(Silence de Sarah.)* Prends garde!

SARAH. Ah! mes filles! mes filles!...

THÉODOROS. Qu'a-t-il dit, ce traître!... qu'a-t-il dit?...

ELLEN ET JANE, *tentant d'empêcher leur mère de parler*. Ma mère!

SARAH. Ah! je ne veux pas que vous mouriez, moi... sache donc tout, Négus, l'armée anglaise est en Abyssinie!

Exclamation générale.

THÉODOROS, *se redressant*. Les Anglais!... les Anglais!... ils sont ici! je le pressentais! Eh bien! soit, la guerre, la guerre!... au fait, je m'endormais, le carnage me réveillera...

STERNAY, *s'avançant*. Tu sais la vérité, Négus, tant mieux! ah! tu osais penser que l'Angleterre courberait le front sous le sceptre sanglant d'un aventurier. *(Le repoussant avec dédain.)* Non... non! elle se redresse sous la menace qu'on lui jette et elle accourt, terrible, venger l'insulte et châtier l'insulteur... vive l'Angleterre!

Il se croise les bras et le toise fièrement devant Théodoros. Skinner, Walter, entraînés par ce mouvement, se rangent les uns les autres, s'avancent et toisent Théodoros.

LES PRISONNIERS. Vive l'Angleterre!

THÉODOROS, *avec un rire sauvage*. Vos défis cesseront... la mort vous domptera!

WALTER. Nous l'accueillerons le sourire aux lèvres et le front haut... Nous sommes des soldats, Négus. Nous sommes venus ici abrités sous le drapeau d'une nation grande et forte... Nous saurons mourir en vrais patriotes.

TOUS LES ANGLAIS. Oui, oui.

THÉODOROS. De par le Dieu vivant, vos supplices égaleront vos outrages! *(Aux geôliers.)* Ce ne sont plus des prisonniers que vous avez à votre garde... ce sont des condamnés à mort! *Il sort.*

Derrière lui sortent les gardes et les geôliers. Les portes se referment. On entend gronder les verrous et les barres de fer.

SCÈNE VI

LES MÊMES moins THÉODOROS, puis HASSAN.

Après la sortie du Négus l'exaltation des prisonniers se calme. Ils se laissent retomber accablés.

JANE. Ils sont partis!... ah! j'ai cru que j'allais mourir.

ELLEN. Et Boabdil?... Boabdil!...

WALTER. Attendez... *(Il grimpe jusqu'à la fenêtre et regarde au dehors; un coup de feu retentit; Walter quitte la fenêtre.)* La mort est sous cette fenêtre... *(Aux femmes.)* Impossible de fuir maintenant.

Une balle se loge au milieu du théâtre. Hassan paraît.

JANE. Ah! nous sommes perdus!

TOUS. Perdus!

HASSAN. Perdus!.. non... car je viens vous sauver.

TOUS. Hassan!

STERNAY. Vous le favori, le complice du Négus!

HASSAN. Je viens vous sauver, vous dis-je! non dans votre intérêt, parbleu! mais dans le mien. Les Anglais une fois ici ma fortune et ma vie seront en péril et je veux les mettre à l'abri en délivrant les envoyés de l'Angleterre. J'ai été jadis gouverneur de ces prisons... un passage, connu de moi seul, conduit derrière la forteresse. Boabdil et Djinès sont prévenus. Les rocs sont à peu près inaccessibles, il est vrai, mais ils offrent encore une chance de salut... Et toi, c'est la mort! la mort certaine!.. Partez donc *(Mouvement de Sternay et des autres.)* Non... non... Les ambassadeurs d'abord.

WALTER. Pardon! en Angleterre les femmes passent devant.

HASSAN. Les femmes! les femmes!

WALTER à Sternay. Partez! et que le ciel vous protège!

Sarah et ses filles s'engagent dans le chemin.

HASSAN, aux ambassadeurs. À vous, mylords!

WALTER. Un instant!

HASSAN. Un retard peut tout perdre!

WALTER, aux femmes qu'on ne voit plus. Que Dieu vous garde! *Il pousse la dalle qui referme le passage secret et met le pied dessus.*

HASSAN, avec un cri. Que faites-vous?

WALTER. Lord Walter et ses compagnons doivent mourir à leur poste, si leurs frères ne viennent pas les délivrer! nous restons!

LES PRISONNIERS, d'un même cri. Nous restons!

HASSAN, furieux. Je suis dupé! mystifié! ah! mais je vais appeler et on reprendra les femmes... *(S'éloignant au fond.)* Gardes! sentinelles!

WALTER, lui serrant à la gorge. Silence! ou malheur à toi!

Les prisonniers saisissent Hassan et l'entraînent par les gradins. Changement.

CINQUIÈME TABLEAU

L'ÉVASION.

Un rocher qui monte jusqu'aux frises et au sommet duquel on apercevait la sombre silhouette de la forteresse. Aspect sauvage et sinistre. — Partout des rocs aux formes bizarres : nature inculte. — La lune éclaire ce tableau.

Au lever du rideau, la scène est vide. — Sur un des rochers de gauche, se montre un soldat du Négus. Il tire de sa trompe un son prolongé qui se répète au loin du côté de la forteresse, puis il disparaît.

SCÈNE PREMIÈRE

ACHMET, seul. Il sort d'un précipice à gauche. Ce signal dénoncerait-il l'évasion des prisonniers? N'importe... Boabdil et Djinès ont l'avance sur les soldats du Négus. Je viens de les entrevoir se glissant le long des roches. *(Remontant à l'orifice du gouffre.)* Assurons-nous d'abord si tout est bien préparé... oui, les échelles de corde... les crochets de fer... *(Regardant au loin de nouveau et apercevant Boabdil et Djinès qui soutiennent Sarah et Jane dans leurs bras : ils sont déjà aux deux tiers de la descente à droite.)* Ah! les voilà!.. les voilà!

SCÈNE II

ACHMET, BOABDIL, DJINÈS, SARAH, JANE.

BOABDIL, à Sarah. Du courage, femmes, du courage!... Nous touchons au but.

DJINÈS, tenant Jane dans ses bras. Plus rien à craindre maintenant.

Ils sont arrivés en scène.

ACHMET. Tout est prêt!

BOABDIL. Bien. Achmet! Djinès, je vous les confie, et retourne chercher Ellen.

SARAH. Ellen!..

BOABDIL, à Sarah. Je te réponds d'elle sur ma vie : mais laissez-vous... hâtons-vous...

DJINÈS et ACHMET. Allons...

SARAH. Par grâce laissez-moi attendre ma fille... et puis je grelotte la fièvre... un moment de repos me fera du bien!

BOABDIL. Soit! mais pas un cri, pas un mouvement... la moindre alerte, c'est la mort pour nous tous.

Il s'élance à travers les rochers.

SCÈNE III

LES MÊMES moins BOABDIL.

SARAH. La mort pour eux tous! *(Essuyant son front.)* Mon Dieu, mon cerveau s'embrase!.. Ah! si j'allais redevenir folle.

JANE, l'enveloppant de ses bras. Mère!...

SARAH. Non... non, je saurai triompher du mal! Il y va de la vie de mes enfants... Ah! prends-moi les mains... serre-les bien dans les tiennes...

JANE. Mon Dieu!...

Pendant ces derniers mots, Achmet et Djinès se sont mis à des écoutes et ont pris part à la scène par leur mimique...

DJINÈS. Il n'y a pas à hésiter... descendons, descendons...

Il cherche à soulever Sarah.

SARAH. Sans Ellen... jamais! D'ailleurs, comment descendre... mes genoux se dérobent sous moi... le sang se glace dans mes veines... ma vue s'obscurcit... *(Se tordant les mains.)* Comme ils tardent!... mon Dieu, comme ils tardent!

ACHMET. Voici Boabdil!...

Boabdil paraît à la cime du rocher avec Ellen.

SCÈNE IV

LES MÊMES, BOABDIL, ELLEN, puis UNE SENTINELLE.

SARAH, se dressant et tendant les mains vers Ellen. Ah! viens ma fille... viens!

ELLEN. Mère!... mère!...

Tous suivent avec la plus grande anxiété la descente de Boabdil et d'Ellen.

DJINÈS, prêtant tout à coup l'oreille et d'un geste impérieux : Chut...

Il remonte Jane et Sarah et les fait se blottir derrière un rocher : à ce moment et pendant que Boabdil descend toujours avec Ellen, on apercevait sur le rocher de droite, un soldat abyssinien qui se glisse en rampant à travers les rochers ; Djinès, qui a quitté la scène, reparaît sur le rocher et se glisse vers le soldat qui se dresse, et tous les yeux Ellen et Boabdil. Au moment où il se lève, Djinès lui plonge son poignard dans le cœur et l'envoie rouler dans l'abîme.

SARAH, criant. Ah! du sang sur mes mains!... *(Elle jette un cri.)* Ah!!!

Sarah pousse un cri déchirant auquel répondent les vociférations sauvages des soldats abyssiniens qui surgissent simultanément de tous côtés, brandissant leurs armes.

SCÈNE V

LES MÊMES, THÉODOROS, SOLDATS.

BOABDIL, se tenant développé et couvert en père et faisant à Ellen un rempart de son corps. Elle nous a perdus!...

THÉODOROS, *présentant entouré de ses gardes.* Vous avez pu
franchir le seuil d'une prison... vous ne forcerez pas les
portes d'un sépulcre !...

Le rideau tombe.

ACTE TROISIÈME

SIXIÈME TABLEAU

UN LUNCH DANS LE DÉSERT.

*Le théâtre représente une tente. Au fond, et en perspective, le
camp anglais dans le désert.*

—

SCÈNE PREMIÈRE

DE GAGEAC, TOM.

TOM. Y es-tu, petit Bob ?

BOB. Oui, grand Tom.

TOM. Alors, rigole...

SCÈNE II

LES MÊMES, BARBICANE.

BARBICANE. Me voilà !... Allons monsieur le barbouilleur,

TOM. Oh! mon Dieu! c'est bien simple! quand on sait présenter les choses... (Offrant un pliant qu'il a apporté pour servir de siège.) Major, vous offrirai-je ce délicieux fauteuil?

Le major s'y assied. Tom et Bob dressent le couvert sur la table à droite.

DE GAGRAC, tout en dressant le deuxième main au service. Tiens, j'aurais dû inviter Sir Buller, il aurait peut-être converti ce chapeau de Danois...

BARRICANE. Oh! le pasteur a bien d'autres soucis en tête!

DE GAGRAC. L'excellent homme! la vertu même!

BARRICANE. Il n'en est pas plus heureux pour cela!

DE GAGRAC. Ce n'est pas encourageant. Ah! le bonheur, où est-il?

BARRICANE. Comment?

DE GAGRAC. Voyons, major, pour vous, qu'est-ce qu'être heureux?

BARRICANE. Être heureux, pour moi... c'est avoir une bonne conscience et un bon appétit, c'est humer l'air à pleins poumons et les parfums à pleines narines... c'est se coucher tard sans avoir nui à personne, et se lever tôt pour être utile à quelqu'un... Être heureux, pour moi, c'est avoir vécu de telle sorte, qu'on puisse regarder sans crainte en avant, et sans honte en arrière... être heureux enfin, pour moi, c'est pouvoir être fier de la femme qu'on aime, et sûr de sa paternité pour les enfants qu'on a...

DE GAGRAC, lui prenant dans ses bras. Tenez, vous êtes un brave homme, malgré votre gros ventre.

On entend au dehors les fifres et les tambours.

DE GAGRAC. Ah! voici mes invités... (Regardant vers la droite.) Avec mes invités... Le Danois en tête!... Soyons gracieux!

Les fifres et les tambours entrent par le fond et se placent à droite. Maxwell et les autres invités paraissent à leur tour.

De Gagrac va au devant d'eux et salue Christophe-le-Danois. Celui-ci d'abord hésite à prendre il est raide, plein de morgue; il a le nain, enfin d'un sourire qu'on ne peut prendre qu'avec des pincettes.

SCÈNE III

Les Mêmes, CHRISTOPHE-LE-DANOIS, MAXWELL, QUELQUES OFFICIERS ANGLAIS.

DE GAGRAC. Bonjour, Maxwell!

MAXWELL. Bonjour, de Gagrac... bonjour, major!...

DE GAGRAC, aux officiers. Soyez les bienvenus, mylords, je vous attendais avec impatience... tout est prêt!... (finement.) Les mets les plus succulents fument dans les plats d'or, et le champagne est dans sa glace...

Tout haut. Christophe se tient à part.

MAXWELL, à voix basse. Riez donc... vous êtes amis maintenant avec le Français... Après tout, en faisant votre caricature...

CHRISTOPHE. Il insultait l'armée.

MAXWELL. Enfin... puisque tout est arrangé...

CHRISTOPHE. Arrangé, arrangé... Il n'en a pas moins insulté l'armée.

MAXWELL, à part. Il ne sait dire que ça.

DE GAGRAC. Messieurs, veuillez prendre place... sir Christophe, la vôtre est là... où se trouve cette assiette de vieux Sèvres.

Il lui désigne une assiette de faïence très-commune et peut-probablement ébréchée. Toutefois, Christophe fronce le sourcil et lance un coup d'œil.

MAXWELL, gaiement en lui désignant l'assiette fêlée. Le vieux Sèvre, le voilà!

CHRISTOPHE, à Maxwell. Il insulte l'armée.

MAXWELL, bas. Mais non, mais non... asseyez-vous donc.

Tout le monde s'est assis.

DE GAGRAC. Mes chers convives, je crois un petit speech ici nécessaire : je vous dirai donc qu'en France, ma mère-patrie, la majorité partie des citoyens déjeune d'illusions et dîne de rêveries ; leur imagination sait tout parer, tout embellir, ceux d'entre eux qui n'ont pas même une pierre pour reposer leur tête sont justement ceux qui possèdent le plus de châteaux en Espagne... Grâce à ce don du ciel, l'orge devient froment et l'eau claire ambroisie!... Eh bien, veuillez faire comme eux, veuillez oublier que vous êtes Anglais, c'est-à-dire amis du confortable, et vous croire un instant tous compatriotes, c'est-à-dire amants de la fantaisie, et vous ferez un repas de princes. (Tous riant, excepté Christophe.) Tom, remplissez les coupes.

TOM. Voilà, voilà! (à part.) Je suis au courant. Porto 1821.

Il verse dans les verres le contenu d'une carafe.

BOB, au même, versant de l'autre côté. Madère, retour des croisades!

TOM. Chambertin après le déluge...

MAXWELL, riant. C'est de la bière...

TOM, gravement. Oui,... mais elle est tournée.

On rit.

MAXWELL, à Christophe. Riez donc.

Christophe se tait et roule des yeux furibonds.

DE GAGRAC, à Tom. Servez sans ordre maintenant ; c'est sans cérémonie! annoncez seulement!

TOM, plaçant son assiette sur la table. Dinde farcie à la belle jardinière.

DE GAGRAC. Je vous traite à la Française.

BOB, offrant à droite. Poisson du Tage à la madrilène!

TOM, à gauche. Lièvre des Apennins à la chiffonnade de cerfeuil!

BOB. Cuisson de cheval braisé à la francfort!

MAXWELL, riant. C'est de la tortue sèche!...

BOB. Oui, mais il n'y a que la peau!

Tous rient. Christophe en tête furieux.

CHRISTOPHE, à de Gagrac. Vous insultez l'armée.

DE GAGRAC. Moi?

MAXWELL. Mais vous ne comprenez donc pas?

CHRISTOPHE. Je comprends qu'on insulte l'armée.

BARRICANE. Mais il n'a pas été question de cela.

MAXWELL. Puisqu'on vous a dit...

CHRISTOPHE. Je fais partie de l'armée, et moi vivant, on n'insultera pas l'armée!

DE GAGRAC. Mais encore une fois...

CHRISTOPHE. Vous avez insulté l'armée.

DE GAGRAC. Allez au diable...

CHRISTOPHE. Vous n'avez pas insulté l'armée?

DE GAGRAC. Non, cent fois non, et ne l'insulterai jamais, mais je me fiche de vous.

CHRISTOPHE, stupéfait. Fiche?...

DE GAGRAC. C'est du mot français... ça veut dire que vous êtes un imbécile.

CHRISTOPHE. J'ai compris. Ah! je savais bien qu'il avait insulté l'armée! Aux épées! aux épées!

DE GAGRAC, se lève. Pardon! mais j'ai du monde dans mes salons ! demain je serai à vos ordres ; major, je compte sur vous.

MAXWELL. Comptez aussi sur moi. (À Christophe.) Quant à vous, cherchez vos témoins ailleurs.

LES OFFICIERS. Oui... oui.

CHRISTOPHE. Soit.

DE GAGRAC. À demain, à cinq heures.

CHRISTOPHE. À cinq heures cinq vous ne pourrez plus insulter l'armée.

DE GAGRAC, lui montrant la porte. Allez-vous comme moi?

Christophe sort furieux.

SCÈNE IV

Les Mêmes, moins CHRISTOPHE.

BOB, à part. Quel bon tambour on ferait avec sa peau!

DE GAGRAC. Pardieu, il ne sera pas dit que ce sauvage nous aura privés de notre concert! (Faisant un signe à Bob.) Bob!

BOB. Compris! (Aux musiciens.) À nous!

Les musiciens se placent au milieu du théâtre et accompagnent la ronde avec fifres et tambours.

LA LÉGENDE DE THÉODOROS.

Air nouveau de M. Victor Chéri.

Au fond de l'Afrique
Est un mo-
Ricaud,
Roi fantastique
Et très-ro-
Coco!
Toujours en rage
La haine est sa loi
C'est un sauvage,
Sans cœur et sans foi.

Il est atroce ;
Il est féroce ;
Il a la bosse
De la cruauté

Il est infâme;
Il n'a pas d'âme;
Il bat sa femme;
Il exècre le thé!

Il habite un navire;
Il tue, il éventre;
Il roule sur ventre,
Au milieu des pots!
Il vole sans cesse;
Il pille, il oppresse;
Il n'a de tendresse
Que pour les impôts!

Eh! ouida,
Chacun peut m'en croire :
De ce sombre potentat,
Oui, voilà,
En deux mots l'histoire,
Un grognement pour ce roi-là!

Il fait un grognement selon le mode anglais. Tout le monde l'imite.

(Tous.) Morale de la chose dans le charabia du pays :

Baharou gucho!
Nagarit... amba...
Atio... mérache!...
Krokouthy... Begda!...
Sohaghadlac.
Alla, bonhour, vassa,
Freo... Frikise...
Kousso... koussi... Koussa!

Bob et les trompettes jouent sur la ritournelle de l'air.

MAXWELL, à Barbicane. Major, je vais rejoindre le Danois et dès qu'il aura trouvé ses témoins, je reviendrai ici!...
BARBICANE. C'est dit!
DE GAGEAC. Messieurs, j'espère vous mieux traiter quand nous serons à Londres.

Sortie des ouvriers.

SCÈNE V

DE GAGEAC, BARBICANE.

DE GAGEAC, à Barbicane qui marche avec agitation. Qu'avez-vous donc!
BARBICANE. J'ai... J'ai que je sais on ne peut plus inquiet.
DE GAGEAC. Pourquoi!
BARBICANE. Parce que vous n'avez jamais tenu un pistolet ni une épée, parbleu! et que ce chien de Danois, au contraire...
DE GAGEAC. Eh bien? qu'est-ce que vous voulez que j'y fasse? le vin est tiré, il faut le boire. (bas.) Ça nous chagrin...
BARBICANE, bourru, mais touché. Français! va... Oh! mais tout n'est pas dit; je ne vous laisserai pas égorger comme un poulet! Ah! la maudite journée!...
DE GAGEAC, ému et lui serrant la main. Voyons, major, calmez-vous!
BARBICANE. J'en suis malade!
DE GAGEAC, à part. Tromper donc un homme comme ça...

SCÈNE VI

LES MÊMES, TOM et JACKSON, LUCIE et MISS CLARY.

TOM. Par ici! par ici, mesdames!
BARBICANE. Qui vient donc?
TOM. Un vieux monsieur et deux jeunes dames que vous connaissez bien, major... et vous aussi, monsieur de Gageac... Tenez, les voilà :
BARBICANE, avec un cri en les apercevant. Que vois-je? ma femme! miss Clary!.. Jackson!
DE GAGEAC, à part. Elle!...
MISS CLARY. Bonjour, major..., nous venons vous faire une petite visite en voisins!
JACKSON, soupirant. En voisins!.
BARBICANE, à Lucie. Embrasse-moi donc.
LUCIE, hésitant. Mon ami!
BARBICANE, à Jackson qui est tombé épuisé sur un coffre. Je n'en reviens pas, vous! c'est vous!
JACKSON. Noal! mon ami, ce n'est pas nous, nous trois échappés de Bedlam!

LUCIE. Oh! voyons, monsieur Jackson, vous nous avez assez querellés... ces messieurs ne gronderont pas, eux.
Elle lance un regard à de Gageac.
DE GAGEAC, à part. C'est de la fatalité...
JACKSON. Non jamais, jamais on ne croira que...
MISS CLARY. Mon Dieu! mon tuteur, quel singulier homme vous faites! il n'y a pourtant rien que de très-simple là-dedans... Lucie mourait de chagrin loin de... son mari... (à Lucie avec une pointe d'ironie.) n'est-ce pas?
LUCIE, troublée. Oui.
MISS CLARY. Elle a voulu aller le rejoindre et... (Avec un calme en regardant de Gageac.) Comme je ne me serais pas pardonné de la laisser partir seule, et que mon tuteur eût été désolé de me quitter, nous sommes partis tous les trois.
JACKSON, à Barbicane. C'est insensé, mon ami. Figurez-vous que je venais de prendre mon thé et de lire mon journal... Il était dix heures du soir, et je commençais à m'endormir, quand j'entends une voix qui me dit : «Mon tuteur, nous avons décidé, Lucie et moi, d'aller présenter nos devoirs à Théodoros.» Tiens, fais-je en moi-même, voilà un bien drôle de rêve, je veux voir jusqu'où il ira. Plus tard, on s'approche encore de moi, et j'entends ces mots : «Mon tuteur, les malles sont faites, j'ai pris toutes les banknotes qui étaient dans la caisse, et la voiture du chemin de fer est en bas... partons!...» Je me dis : Très-bien. Le rêve continue! Il devient de plus en plus drôle... Longtemps après j'entends un coup de sifflet et je me sens rouler. Ne bougeons pas, me dis-je, c'est trop rare, des rêves comme ça... je voulais toujours savoir jusqu'où ça irait... Eh bien, je le sais, ça a été jusqu'en Abyssinie!
BARBICANE. Pauvre ami!
JACKSON. Et dire, qu'un mois après, jour pour jour, je devais lui rendre mes comptes de tutelle, et qu'alors j'étais libre!
MISS CLARY. Laissez donc, vous m'eussiez suivie tout de même.
JACKSON, furieux. Jamais de la vie!
MISS CLARY. Et puis, quoi?... je veux me marier...
JACKSON. Joli moyen!
MISS CLARY, avec fièvre. Oui, j'ai résolu de choisir un mari parmi les prisonniers de Théodoros!... je prendrai le plus laid, le plus vieux! le plus abîmé!... Il m'aimera peut-être, lui!
JACKSON, à Barbicane. Vous voyez? c'est de la folie!... eh bien... elles ont été toutes les deux comme ça dès le lendemain de votre départ...
BARBICANE, attendri et à sa femme. Chère Lucie!
JACKSON, à Barbicane. Vous en savez assez, n'est-ce pas? vous ne tenez pas à ce que je vous raconte toutes les péripéties du voyage? non!... eh bien, tant mieux, car je suis mort de fatigue.
BARBICANE, à de Gageac. Il faut les éloigner. Les témoins du Danois vont venir! (à Jackson.) Je vais vous installer dans ma tente avec ces dames.
DE GAGEAC. Au revoir, ma cousine.
LUCIE, émue. Au revoir!
JACKSON, en sortant. Ah! si on me reprend à être tuteur!...

Tous s'éloignent.

SCÈNE VII

DE GAGEAC, seul, la suivant des yeux.

C'est qu'elle est plus jolie que jamais. Et coupable de mon major d'oser de me sauver la vie encore une fois à la chasse!... Impossible d'embellir mademoiselle heure qui, à ce qu'il paraît, soumera bientôt à la montre du Danois!... (après un temps.) Ah çà! mais j'y songe! après tout, cette chasse, c'est le major qui l'a organisée!... c'est comme pour la suadtuse aux chameaux!... S'il n'était pas allé à l'exposition, cet accident ne serait pas arrivé! Tout cela est donc sa faute!... C'est à dire qu'il fait tout ce qu'il peut pour me faire tuer, cet animal-là. Je serais donc bien bête d'avoir des scrupules!... D'abord, Lucie est trop charmante!... Rien qu'en pensant à elle, mon cœur bat à m'étouffer... mes yeux se voilent... et je puis à peine me soutenir!

Il tombe sur un siège.

SCÈNE VIII

DE GAGEAC, BARBICANE.

BARBICANE, qui est entré depuis un moment, à part. Pauvre garçon !... il ne rit plus !... c'est bien naturel !... une première affaire, et avec un bretteur de cette espèce... (Allant à de Gageac et lui mettant la main sur le cœur.) Comme son cœur bat ! Allons ! allons ! remettez-vous. Eh mon Dieu ! on a vu des ignorants se tirer parfaitement d'affaire.

DE GAGEAC. Mais je vous jure !

BARBICANE. Allez faire un tour dans le camp... fumez un cigare... il ne faut pas que l'on se doute...

DE GAGEAC. Non, il ne faut pas... (A part.) Je ne puis pourtant pas lui dire la véritable cause de mon émotion ! il va me prendre pour un poltron ! c'est abominable cela !...

BARBICANE. Voici ces messieurs... éloignez-vous... et du courage !...

DE GAGEAC, à part. Oui... oui... j'en... (A part.) Ah ! mais ! c'est humiliant cela !... ce mari a toutes les chances !... Il se venge avant !... (En sortant.) Ah ! c'est égal ! c'est humiliant !
Il sort. Les officiers sont entrés.

SCÈNE IX

BARBICANE, CHRISTOPHE, PLUSIEURS OFFICIERS, MAXWELL.

BARBICANE, à part. S'il se bat dans ces conditions-là, c'est un homme mort !... (Maxwell vient à lui, on se salue. A part.) comment faire pour empêcher ce duel... quel prétexte trouver ?...

CHRISTOPHE, entrant précipitamment, à ses témoins. Messieurs, j'ai oublié de vous dire...
Il leur parle bas.

BARBICANE, à part. Ah ! j'ai mon prétexte. (S'avançant vers Christophe.) Votre place n'est pas ici... quand les témoins règlent les conditions du combat.

CHRISTOPHE. J'avais une recommandation à faire à ces messieurs.

BARBICANE. Croyez-vous donc que ces messieurs ne sachent pas se conduire comme il faut dans de pareilles circonstances ?

CHRISTOPHE, avec hauteur. Mais...

BARBICANE. Vous doutez d'eux ? prenez garde !... vous allez insulter l'armée.

CHRISTOPHE. C'est une querelle d'Allemand, cela.

BARBICANE, irrité. M'appeler Allemand ! moi ! un officier anglais ! vous insultez l'armée.
Il lui donne un soufflet au visage.

CHRISTOPHE, furieux. Aux épées ! aux épées !

BARBICANE. Soyez témoins, Messieurs.
Ils se battent. Christophe tombe.

MAXWELL, tendant la main à Barbicane. Nos compliments, major ! un joli coup d'épée !
Rentrée générale.

SCÈNE X

LES MÊMES, JACKSON, LUCIE, MISS CLARY, puis BUTLER et DE GAGEAC.

JACKSON. Que se passe-t-il donc ? (Apercevant Christophe.) Que vois-je ?

DE GAGEAC. Le Danois... blessé ! qui donc s'est permis ?...

BARBICANE. Moi !

LUCIE, avec un cri. Mon mari !...
Elle se jette dans ses bras.

DE GAGEAC, furieux, à Barbicane. De quoi vous mêlez-vous ? cet homme m'appartenait...

BARBICANE. Prenez-le.

DE GAGEAC. Il est bien temps, parbleu ! dans l'état où il est !

MISS CLARY, bas. Eh bien, vous tenez-vous pour battu, cette fois ?

DE GAGEAC. Ah ! ma foi, oui, il n'y a pas à lutter... Ce major, ce n'est pas un homme, c'est un terre-neuve. Ah ! décidément, je renonce aux femmes mariées !

MISS CLARY, avec un cri de joie. Ah ! enfin !

DE GAGEAC, lui prenant la main. Que dites-vous ?
Miss Clary baisse les yeux.

JACKSON, à de Gageac. J'ai compris !... et vous ?

DE GAGEAC. Moi aussi !

JACKSON, bas à de Gageac. Chut !... c'est à vous, je le parie, c'est au mari de ma pupille que je rendrai mes comptes de tutelle !

DE GAGEAC, regardant miss Clary. C'est bien possible !
Redoublement de tonnerre.

TOM, entrant. Major, l'ordre est donné de lever le camp. Le corps expéditionnaire va se remettre en marche !

CHRISTOPHE, soutenu par ses témoins, s'approchant de Barbicane. Major, je ne vous en veux pas..., mais faites-moi une promesse... Jurez-moi de ne plus...

BARBICANE. De ne plus insulter l'armée ?... c'est convenu !
Roulement de tambour. — Sortie générale. — Changement à vue.

SEPTIÈME TABLEAU

LE CAMPEMENT ANGLAIS.

Le campement anglais dans le désert. — Horizon infini. — Çà et là, quelques arbres rabougris. — Partout, des tentes se perdant au loin, les unes dressées sur les collines, les autres en contre-bas. — Faisceaux de fusils. — Grand désordre. — Chariots brisés, Tonneaux défoncés. — Au fond, des chevaux attachés à des pieux.
Il fait encore nuit au lever du rideau.

SCÈNE PREMIÈRE

MAXWELL, BOB, BURCKE, COCKBELL, SOLDATS ANGLAIS, OFFICIERS DE DIFFÉRENTS CORPS.

Grand mélange d'uniformes. Horse-guards, cipayes, dragons, artilleurs, etc. On voit que la discipline n'est plus observée. Tout va à la dérive. Sous les tentes, sont étendus des soldats, d'autres sont couchés sur le sable, d'autres vont çà et là en composant leur débris. Les armes se promènent de long en large, s'asseyant par moments, enlaçant... Les soldats des premiers plans ont des uniformes en lambeaux, couverts de poussière. Visages pâles et blêmes. Partout un morne désespoir. Le tout a l'air d'un champ de bataille après le combat. Au lever du rideau, un silence passe au fond.

COCKBELL. Encore un qui est exempté du service !

BURCKE, air brutal, il est étendu à droite. Bah ! lui aujourd'hui, nous demain !
On emporte le cadavre.

COCKBELL, haussant les épaules. C'est égal ! mourir de soif !... c'est dur !

BURCKE. Qu'est-ce que ça fait ?... A cette heure, à Londres, ceux qui ont voté l'expédition sont bien tranquilles chez eux !... ils prennent leur thé et mangent leur roastbeef. Le soir ils lisent dans le *Times* : « Le corps expéditionnaire « souffre beaucoup en Éthiopie... nos soldats tombent comme « des mouches, enlevés par les fièvres du pays, par la soif et « un tas d'autres maladies !... » Et, là-dessus, ils reprennent une tranche de roastbeef et une tasse de thé !

MAXWELL, venant du fond. Pourquoi n'est-on pas déjà sur pied !...

BURCKE. Sur pied !... avant le jour, mon officier ?

MAXWELL. C'est vrai !... la soif qui me dévore me fait perdre la tête ! (A Burcke.) Dis-moi, ces hommes étendus pêle-mêle sont-ils morts ou vivants ?

BLACK. Ils vivent, mais ne valent guère mieux que s'ils étaient trépassés...

BOB, étendu à gauche. De l'eau !... de l'eau !... j'ai soif !... (Il essaye de se soulever.) Je ne peux pas ! je ne peux pas !

BURCKE, regardant le petit tambour. Encore un qui n'ira pas loin !

MAXWELL. Pauvre enfant !... (Allant à Bob.) Quel âge as-tu ?

BOB. Dix-huit ans...

MAXWELL, comme à lui-même. J'en ai vingt.

BOB. Ma famille était pauvre... Je me suis fait soldat.

MAXWELL, tout à ses souvenirs. Ma famille était riche, elle m'a acheté un régiment.

BOB. Ah ! mon petit village de Greenly, quand le reverrai-je ?

MAXWELL. Notre belle cité d'Édimbourg, y retournerai-je jamais ? Aimais-tu quelqu'un, dis ?...

BOB. Oui !... la fille du brasseur... Ketty, la Belle aux cheveux d'or...

MAXWELL. Moi, j'aimais miss Arabelle, demoiselle d'honneur de la reine !

BOB. Chère Ketty ! je l'avais connue un dimanche. Elle trouva que je dansais bien... et elle me jeta le bouquet de fleurettes qu'elle avait à son corsage !

MAXWELL. La première fois que j'ai vu miss Arabelle... c'était à un bal de la cour... Elle aussi me donna son bouquet...

TOM. J'ai conservé les fleurs de Katty...

MAXWELL. J'ai gardé le bouquet d'Arabelle...

Chacun tire de sa poitrine des fleurs fanées...

TOM, *regardant les fleurs de Maxwell.* Celles-là sont bien plus belles; les miennes sont toutes simples.

MAXWELL. Elles ont le même parfum, puisque des lèvres aimées leur ont donné le même baiser!...

Chœur intérieur avec bruit. Pendant cette scène, le jour a commencé à paraître. Un éclaircissement couvert de poussière, hérissé et se courbant à peine, paraît au fond, dominé par Tom.

SCÈNE II

LES MÊMES, TOM.

TOUS, *courant à Tom.* Eh bien! eh bien!

TOM. Eh bien! mes enfants, nous venons d'explorer les environs!... Rien qui indique la moindre source d'eau!... Encore moins de gin!... hélas! très-grand, ce petit pays!... faut espérer que nous y laisserons tous nos carcasses!

BURCKE, *avec une sombre ironie.* Eh bien! après? souffrir, c'est notre métier... ne te plains pas, soldat... qu'il fasse chaud ou froid, faim ou soif,... ça ne te regarde pas!...

MAXWELL, *se redressant.* Il y a là la gloire qui dédommage!

BURCKE, *haussant les épaules.* La gloire!... Eh bien! et les jambes de bois?

TOM. Et les nez d'argent!

MAXWELL. Burcke, tu prêches la révolte... tu es un mauvais soldat!

BURCKE. Possible!... mais nous n'irons pas plus loin! n'est-ce pas, vous autres?

TOUS. Non! non! nous n'irons pas plus loin.

Ils jettent leurs armes. — Barbicane paraît au fond, avec des officiers et des soldats.

SCÈNE III

LES MÊMES, BARBICANE, puis BUTLER.

Mouvement. On présente les armes. — Les soldats à terre, se relèvent et font le salut militaire.

BARBICANE, *descendant.* Eh bien! qu'est-ce que c'est... nous nous... on jette les armes... On désespère... Allons! allons! plus de ces découragements-là... et sautez-moi au cou! Je viens vous apporter une bonne nouvelle... dans quelques heures nous aurons de l'eau?

TOUS, *avec un grand cri.* De l'eau!

BARBICANE. Oui! et nous nous remettrons en marche... et la guerre commencera... et nous nous ferons tous tuer! Sacrebleu! embrassez-moi donc!...

BURCKE. Le major nous dit ça pour nous remonter... mais qui peut nous jurer que nous aurons de l'eau?

BUTLER, *dérangeant.* Le pasteur Butler, enfants!

TOUS. Le pasteur!...

BUTLER. Oui, Dieu s'est souvenu du corps expéditionnaire, et, dans ces déserts, où règne la mort, il nous conserve la vie!... Implorons-le donc, ce Dieu de bonté!... (*Tous les soldats se découvrent.*) « Dieu puissant, souverain maître de ce monde... prends pitié de nous. »

TOUS. Prends pitié de nous!

BUTLER. « Dans ces déserts sans horizon, dans ces plaines immenses, ces solitudes sans bornes, où nous allons passer pour atteindre un coupable, que ton regard ne nous abandonne pas!... Mon Dieu, protège-nous!... »

TOUS. Mon Dieu, protège-nous!

Tumulte à gauche.

UNE VOIX. Qui vive!

DJINÈS, *paraissant à cheval et blessé.* Ami!... ami!...

SCÈNE IV

LES MÊMES, DJINÈS.

Djinès lance son cheval en avant et vient près de Butler.

DJINÈS. Pasteur Butler,... au moment de s'évader, ta femme et les filles ont été reprises, et de nouveau elles sont au pouvoir de Théodoros.

BUTLER, *restant comme étourdi.* Que dis-tu?

DJINÈS. Voilà ta seule qui me sauver... liens! c'est épouvantable... Les soldats du Négus ont tiré sur nous, comme nous allons faire... Si tu aimes les tiens, hâte-toi... pasteur, hâte-toi!...

Il disparaît par la droite.

BUTLER. Oh! nous les sauverons... n'est-ce pas, major... n'est-ce pas, mes amis, nous les sauverons...

BARBICANE. Certainement! Allons, soldats,... en route!

BURCKE. Partir! non! vous l'avez dit! Dans quelques heures nous aurons de l'eau, et nous restons.

TOUS. Oui, oui, nous restons!

BUTLER. Je suis le pasteur Butler, votre ami... celui qui vous bénit et qui prie pour vous... Depuis le commencement de la campagne j'ai toujours tâché de soulager vos souffrances. Vous m'aimez tous, et vous ne voulez pas sauver ceux que j'aime...

BURCKE. Nous attendrons les convois!

BARBICANE. Allons, reprenez vos armes, et en route!

BUTLER. Non loin de Magdala se trouvent des sources, des lacs immenses où vous pourrez éteindre la soif ardente qui vous dévore! venez! venez!...

TOM. Eh! nous aurons tous passé l'arme à gauche avant de les avoir seulement aperçus, vos lacs et vos rivières! Nous restons!

TOUS. Oui! nous restons;

Tom se couche sur le sel; quelques soldats tombent épuisés comme lui... — Les autres errent çà et là.

BUTLER, *avec désespoir.* Que faire, pour les forcer à marcher? chaque instant qui s'écoule hâte la mort de mes enfants!... un miracle! mon Dieu!... un miracle!...

En ce moment reparaît, à l'horizon un les hommes.

HUITIÈME TABLEAU

LE MIRAGE

—

BUTLER, *se relevant tout à coup, et avec un cri de joie.*) Ah! Dieu m'a exaucé! le miracle, le voilà!... c'est le mirage. (*Regardant les soldats.*) Ils marcheront maintenant, la foi les soutiendra! (*courant à eux et d'une voix entrecoupée:*) Enfants!... que vous avais-je promis? des sources, des lacs!... eh bien, regardez!...

TOM, *se soulevant, et avec des cris de joie:* De l'eau! de l'eau!

BUTLER. Oui, de l'eau! Un peu de courage encore!... là-bas c'est le salut!... là-bas c'est la vie! en avant! en avant!...

TOM, *se relevant, et avec force.* En avant!

L'armée se remet en marche.

ACTE QUATRIÈME

NEUVIÈME TABLEAU

LES BOURREAUX DU NÉGUS.

Le théâtre représente un site pittoresque à Gondar. — Au fond, des palmiers, la tente de Théodoros, tout étincelante d'or.

—

SCÈNE PREMIÈRE

ABOULA, NÉPATÈS, MOHAMMED, COURTISANS, GÉNÉRAUX ABYSSINIENS, PRÊTRES, PATRIARCHES, puis HASSAN.

Au lever du rideau, entrent de droite et de gauche les courtisans et les généraux, les prêtres et les vieillards.

LE PATRIARCHE, *entrant le dernier de tous.* Ministres, généraux, et anciens de la nation, le roi nous mande tous, pour que nous avisions ensemble aux moyens de résister à l'invasion étrangère.

NÉPATÈS. Les soldats levés par le Négus ne veulent pas marcher, s'ils ne sont assurés que, durant cette campagne, ils auront toujours des vivres en suffisance et une paye régulière.

MOHAMMED. L'Abyssinie entière murmure contre cette guerre...

ABOULA. Et pour remuer ces masses hésitantes, il faut de l'or.

MOHAMMED. Oui! de l'or... et les caisses de l'État sont aux trois quarts vides...

LE PATRIARCHE. Le Négus, pendant que son peuple mur-

SCÈNE II

Les Mêmes, THÉODOROS, Esclaves, Gardes

SCÈNE III

Les Mêmes, moins HASSAN.

SCÈNE IV

Les Mêmes ELLEN et JANE, NAIB, AZRAEL, Gardes.

Jane sont fortes et courageuses... Elles préféreront la mort à la perte de leurs frères...

A ces mots, les deux jeunes filles redressent la tête, et les esclaves noirs elles avancent d'un pas ferme.

JANE ET ELLEN. Oui, la mort!

THÉODOROS. La mort! non! un châtiment plus effroyable encore! (*Allant aux deux grands nègres.*) Naïb, Azraël. (*Mouvement des nègres.*) Vous êtes les maudits de mon royaume... bourreaux! c'est un titre odieux! un baiser de vos lèvres, c'est l'opprobre éternel... et la dernière des femmes se recule de vous avec horreur!... (*Les bourreaux courbent la tête.*) Désormais, vous ne vivrez plus seuls dans vos tanières. Vous aurez des compagnes qui partageront votre honte et votre abjection! (*Les bourreaux poussent un rugissement de joie.*) Regardez ces deux femmes... (*Il montre Ellen et Jane.*) Elles sont belles... bien belles!... Prenez-les... Je vous les donne!

Les nègres poussent une nouvelle exclamation de bonheur à laquelle répond un cri d'épouvante des jeunes filles et de Boabdil. Puis les deux bourreaux se ruent sur les femmes, Boabdil veut s'élancer à leur secours. Sur un geste rapide de Théodoros, les gardes l'entourent.

ELLEN, se débattant, ainsi que Jane. Boabdil! Boabdil!

BOABDIL. Ellen! Oh! mais, rappelle-les donc, ces tigres affamés!

THÉODOROS. Elles sont à vous!

BOABDIL, tombant à genoux et sanglotant. Grâce! Grâce!

DJNÈS, qui se trouve près de lui et saisit une hache d'un garde. Signe! Le message ne parviendra pas!

BOABDIL, avec un geste de surprise le contenant. Djnès (chassant... tu t'adresses à ...) Je consens!... je consens!

THÉODOROS, à Boabdil. Tu consens!

BOABDIL. Oui! (*Théodoros fait un signe aux bourreaux, ils semblent hésiter à abandonner les deux jeunes filles ; puis sur un regard terrible de lui ils courbent le front et s'éloignent, Boabdil se relève lentement avec effort.*) Tu es le plus fort, Théodoros! Il faut bien, je le vois, s'incliner devant ta puissance. J'étais fou tout à l'heure, pardonne à ma folie... plus de rébellion, plus de révolte, je suis à toi, tout à toi. (*Avec fièvre.*) Allons! donne ce message... donne!

Il prend le message, subit la plume que lui présente en esclave et signe fiévreusement.

ELLEN, bas, à sa sœur. Qu'ai-je entendu?

THÉODOROS, qui a pris le parchemin, le donnant à l'un de ses officiers. A cheval, Arkilem!... Cours porter ce message au camp des révoltés! (*Sortie d'Arkilem.*)

Djnès fixe son poignard et vient à la suite de l'officier.

THÉODOROS, radieux, à ses courtisans et à ses soldats. Inclinez-vous devant Boabdil... désormais, vous le verrez, sur mon trône, comme sous mes étendards, sans cesse à mes côtés. Devant tous, je lui jure alliance et protection! (*Il tire son sabre et l'étend au-dessus de la tête de Boabdil.*) Qu'à l'instant même des réjouissances solennelles célèbrent la soumission du dernier prince rebelle... (*Aux jeunes filles.*) enfants, vous êtes libres. Ce n'est plus une prison qui doit vous servir de demeure... C'est notre propre palais... que vos haillons se cachent sous l'or et la soie! Assises à nos côtés comme Boabdil lui-même, vous prendrez part à cette fête...

JANE. Sire... dans le cachot d'où l'on nous a tirés, notre mère mourante nous appelle en pleurant!

THÉODOROS. Pour elle comme pour vous, la liberté, jeunes filles!... qu'on aille délivrer la femme du pasteur! j'ai dit!

Il sort après avoir fait un signe à des gardes qui s'éloignent par le même côté.

ELLEN, à Boabdil qui est remonté à ..., à mi-voix. Boabdil... à quel prix, nous as-tu sauvées?

BOABDIL. Espère!...

DIXIÈME TABLEAU

UNE FÊTE AU PALAIS DES LIONS.

Le théâtre change et représente un palais splendide. — Au fond un immense escalier conduisant à une galerie praticable donnant sur les jardins de Goudar. — A gauche, sous un dais de pourpre et d'or, le trône de Théodoros. — Sur les degrés du trône, sont couchés quatre lions que gardent des esclaves nubiens.

CORTÈGE.

Dignitaires; guerriers; amazones;

« LE ROI DES ROIS D'ÉTHIOPIE » paraît à son tour, escorté de ses deux fils, de ses femmes, de ses courtisans, de ses ministres et de ses conseillers. Théodoros prend place sur son trône, au milieu de ses lions. Tous se groupent à ses côtés. Boabdil entre avec Ellen et Jane. Tous trois sont en somptueux costumes. Sur un signe du roi, ils viennent prendre place sur les marches du trône. Les musiques éclatent. La fête commence.

ONZIÈME TABLEAU

LA CHARMEUSE DE SERPENTS.

Des esclaves nubiens exécutent des danses. — Aux nubiens succèdent des almées, puis des magiciens apportent une corbeille de roses. Une couleuvre s'élance au milieu des fleurs. — Les almées reculent avec terreur. — Apparaît la charmeuse. Elle court au serpent et s'en empare. — Le reptile dompté d'abord s'enroule autour des bras, du cou de la charmeuse, puis redevenant furieux, il la mord au cœur. — La charmeuse affolée exécute alors un pas vertigineux, auquel prennent part les almées et les esclaves elle ballet s'achève au milieu d'un tourbillon frénétique. A la fin du ballet, le jour s'obscurcit et le tonnerre commence à gronder sourdement. Tout le mouvement s'arrête comme par enchantement. Théodoros se lève et écoute avec une joie farouche l'approche de la tempête. — A ce moment, au bas de l'escalier du fond, on voit apparaître Sarah Butler, pâle, défaite, couverte de haillons. Elle semble mourante et descend les degrés en chancelant. A sa vue, tout le monde s'écarte avec une sorte de terreur superstitieuse.

ELLEN et JANE, la reconnaissant et courant à elle. Ma mère!

SARAH, les pressant follement dans ses bras. Ah! Dieu est bon qui me permet de vous donner mon dernier baiser et de recevoir le vôtre que j'emporterai là-haut! (*Elle demeure un instant à contempler ses Ellen, puis tout à coup son regard d'incendie se contracte et elle palpe avec fièvre les habits des jeunes filles.*) De la soie?... de l'or?... qui donc vous a parées ainsi... ah! c'est lui, c'est-ce pas?... et vous assassins impies! à la fête que l'ogre noir donne en son palais... jetez ces pierreries!... elles viennent du pillage... arrachez cette pourpre!... elle est trône de sang.

L'orage redouble.

THÉODOROS, avec colère. Sarah Butler, Théodoros te fait libre, et tu réponds à sa clémence par des insultes! prends garde!

SARAH, s'avançant vers la voix. La liberté, Dieu me la donne... je suis mourir... et je ne le crains plus...

THÉODOROS, à ses gardes. Emmenez cette folle!...

On fait un mouvement vers elle.

SARAH, avec force. Ne m'approchez pas... (*Tous reculent comme touchés par le respect de la mourante, tandis que celui-ci se meut vers Théodoros.*) A cette heure suprême, Dieu ouvre son ciel à ma vue... et j'y lis ton effroyable destin... (*Comme en délire.*) Quel bruit!... quel fracas!... de toutes parts surgissent vos légions menaçantes...

THÉODOROS. Tais-toi!... tais-toi!...

SARAH, avec exaltation. Tout s'allume!... tout se meurt! c'est le châtiment... Théodoros est vaincu... Ah! regarde, regarde tous!... Le voilà sanglant... défiguré... il chancelle... il tombe, et à ses cris d'agonie répondent nos fanfares guerrières qui célèbrent la victoire!... Ah! mes filles! mes enfants!... Butler!... adieu! adieu!

Elle tombe inanimée sur les marches du trône. Ellen et Jane se précipitent vers elle.

ELLEN et JANE, avec désespoir. Ma mère!... ma mère!...

TOUS, courbant la tête. Morte!...

BOABDIL, à part. Dieu se révèle aux mourants : leurs prophéties s'accomplissent toujours!

THÉODOROS, descendant de son trône. Eh bien, vous voilà tous sombres par les paroles de cette femme ; par le Dieu vivant! je crois que vous tremblez! Est-ce que je tremble, moi? allons... elle était folle... les Anglais ne me vaincront pas.

Un officier du palais accourt éperdu.

L'OFFICIER. Sire, l'armée anglaise approche, guidée par les révoltés... elle s'engage dans les défilés... demain, au point du jour, elle sera sous les murs de Magdala!

THÉODOROS, avec un cri de stupeur. Le message de Boabdil n'est donc pas parvenu?

L'OFFICIER. Le message? neuf!... celui qui le portait a été assassiné.

BOABDIL, avec joie. Djnès a tenu sa parole!

THÉODOROS, les yeux fixes sur Boabdil. Traître, je comprends tout! ta soumission n'était qu'un jeu, ton alliance qu'un mensonge!

BOABDIL, *avec force.* Un mensonge, tu l'as dit : moi ton allié, jamais! ton ennemi, toujours!

THÉODOROS, *accablé.* Et ces pluies... ces pluies qui ne viennent pas!... *(Il écoute.)* Rien... les grondements du tonnerre se sont affaiblis... le vent a cessé de mugir... si elles n'allaient pas venir!...

BOABDIL. Eh bien! tu doutes aussi?...

THÉODOROS. Non!... non... *(Se tordant les mains.)* Ciel implacable! écoute ma voix, et ce déluge qui doit les anéantir laisse-le donc fondre sur ces contrées!...

BOABDIL, *avec un rire de bravade.* Ton étoile s'éteint, Négus!

Ici le bruit de la tempête éclate furieux au dehors.

THÉODOROS, *avec un air de joie.* Non, elle brille d'un nouvel éclat! écoutez!... écoutez tous! les fauves des forêts saluent la tempête de leurs rugissements d'épouvante... ce sont les pluies... ce sont les pluies... je le savais bien, moi, que j'étais toujours l'élu du Seigneur!

BOABDIL, *avec désespoir.* Ils sont perdus!

THÉODOROS. Les pluies se chargeront de garder notre trône! Seigneur, je te bénis!...

Tout le monde s'incline.

ACTE CINQUIÈME

DOUZIÈME TABLEAU

LA FIN D'UN RÈGNE.

Ouvrage avancé fait de planches et de poutres occupant un seul plan. — A gauche, au fond, un escalier taillé dans le roc, lequel conduit à la forteresse. — A droite, les brèches faites par la mitraille.

SCÈNE PREMIÈRE

SOLDATS ABYSSINS, *puis* THÉODOROS.

Au lever du rideau, les soldats abyssins font le coup de feu. La mitraille répond du dehors. Puis le canon cesse.

THÉODOROS, *descend l'escalier de gauche, il est sombre et terrible.* L'attaque se ralentit!... le feu cesse!... les mines ont fait une sortie!... ils les repousseront... ces maudits que nos pluies torrentielles n'ont pas arrêtés! Oui! oui! ils les repousseront... le Tout-Puissant me protégera!

Hassan a paru costume et tambours.

SCÈNE II

THÉODOROS, HASSAN.

HASSAN. Hélas, mon pauvre roi, ne compte plus sur Dieu... Le diable est le plus fort et ton règne touche à sa fin!

THÉODOROS, *le reconnaissant.* Hassan!

HASSAN. Lui-même, mon doux seigneur... ou pour mieux dire, son ombre!...

THÉODOROS. Tu reviens à moi, traître!... et tu ne trembles pas!

HASSAN. Qu'est-ce que je risque? d'être pendu?... bah! autant mourir comme ça que de crever de faim, et c'est pour le quart d'heure en seule perspective?... chassé et dépouillé par toi, ô mon gracieux souverain, j'ai été sur le point d'aller offrir aux Anglais mes petits services!...

THÉODOROS, *s'élançant sur lui.* Malheureux!

HASSAN. Je n'en ai pas eu le courage! Si bien que je suis rentré au bercail, au risque de me faire tordre le cou par le berger!... crois-moi, n'attends pas la débâcle... fuis avec moi!

THÉODOROS. Ceux qui fuient à l'heure du danger ne sont pas dignes d'être rois! je mourrai ici ou je vaincrai!

HASSAN. Tu entendras mes conseils!

THÉODOROS. Non! vous m'avez assez avili, conseillers et ministres! Arrière, vous qui faisiez rendre gorge à mon peuple pour vous enrichir de sa misère et de ses larmes!... Arrière, confidents hypocrites qui m'enveloppiez dans les ténèbres du mensonge!... Arrière, vous tous qui me cachiez la vérité!... Je la vois maintenant! j'inspire l'horreur!... je le sais!... mais l'héroïsme de ma mort sauvera ma mémoire du mépris et mes vainqueurs étonnés frémiront au bruit de ma chute gigantesque!

HASSAN. Ta chute?

THÉODOROS. Oui! je la pressens... je dois tomber! la folle me l'a dit! autour de moi je ne vois que félons et traîtres... A chaque pas qu'ils font en ces contrées, les Anglais rencontrent des frères, des alliés, des amis!... et moi... moi... le maître de ces esclaves, je suis renié, je suis trahi, je n'ai plus rien.

HASSAN. La fuite, c'est le salut!

THÉODOROS. La fuite, c'est la honte! je reste!

HASSAN, *après un temps.* Eh bien!... je reste aussi.

THÉODOROS. Toi!

HASSAN. Oui! après tout, je t'aime!

THÉODOROS. Si tu dis vrai, bientôt peut-être tu pourras me le prouver.

HASSAN. Et comment?

THÉODOROS. Tu le sauras!

Tous sortent au fond.

SCÈNE III

THÉODOROS, UN OFFICIER, *puis* LES DEUX FILS DU NÉGUS.

UN OFFICIER, *accourant.* Sire, le fils aîné de Votre Majesté égaré par le vin, excite vos soldats à la rébellion.

THÉODOROS. Mon fils aîné! ah! le malheur viendra par lui. *(Entre par le fond, on peut choquer, le fils aîné du Négus. — Il tient une coupe à la main. Théodoros s'élance vers lui.)* En quoi! lâche! la coupe en main lorsqu'autour de toi tes frères se font tuer pour défendre le trône qui doit t'appartenir un jour!

LE DEDJAZ, *raillant.* Ton trône, je n'y veux pas goûter... *(Chancelant.)* Il croule!

THÉODOROS. Tous contre moi! même mon fils!

LE DEDJAZ. Que tes soldats se fassent tuer... s'ils le veulent! je ne me bats pas... moi... je ne comprends pas l'ivresse de la poudre!... mais celle du vin!

THÉODOROS. Ingrat! moi qui t'aimais tant! Ah! maudit soit le jour où j'ai donné l'être à un vil débauché!... à un lâche!... Jette cette coupe, prends cette arme et viens te régénérer dans le sang de nos ennemis.

LE DEDJAZ, *le repoussant.* Je n'ai pas soif de sang... mais d'hydromel! Laisse-moi boire!

THÉODOROS. Viens, c'est ton père qui te supplie...

LE DEDJAZ, *riant d'un air hébété.* Tu n'es pas un père!...

THÉODOROS, *avec un air terrible, lève le poignard sur son fils, — puis jetant son poignard.* Tu vois bien que je suis un père, puisque, malgré tes insultes, je ne te poignarde pas! Va-t'en!... Va-t'en! va-t'en!

Le Dedjaz s'éloigne en titubant. Machrécha a paru et est venu à Théodoros.

MACHRÉCHA. Seigneur, il te reste encore un autre fils, et celui-là est prêt à mourir avec toi!

THÉODOROS, *relevant la tête.* Machrécha! *(Théodoros prend Machrécha dans ses bras et le presse contre son cœur. Nouvelle mitraille. — Tumulte au dehors, fanfares éloignées.)* Ce tumulte... ces clameurs... c'est un ouragan de lave enflammée qui souffle sur nous... On dirait sous les pas de leurs chevaux que la terre s'ébranle! leurs fanfares percent la nue!... oh! nous les repousserons! nous les repousserons!

La mitraille continue.

HASSAN. Ils seront vainqueurs.

La nuit est venue.

THÉODOROS. Eh bien! soit; mais avant de mourir, du moins je serai vengé. *(Aux soldats qui restent.)* Amenez les Boabdil et les prisonniers anglais... *(Les soldats s'écoulent en dehors.)* Vengé de lui surtout... de ce Butler qui entraîna dans nos contrées l'armée ennemie!... C'est par lui que je perds tout!... il périra tout par moi!

Les soldats rentrent amenant Boabdil, Jane, Klein et les prisonniers anglais.

SCÈNE IV

Les Mêmes, BOABDIL, JANE, ELLEN, STERNAY, WALTER, SKINNER, Prisonniers anglais.

THÉODOROS. Les ténèbres de la nuit descendent sur la terre... ma vengeance s'accomplira...

WALTER. Eh bien! roi des rois! ils sont venus! Et sous le feu de leurs canons les villes s'abiment et les peuples demandent grâce!

THÉODOROS. Vous ne me braverez pas longtemps!

STERNAY. Nous te braverons jusqu'à la mort!

THÉODOROS. Jusqu'à la mort... tu dis vrai! *(aux soldats.)* Éteignez les torches!

(Un jour... obscurité complète.)

THÉODOROS, *aux soldats.* Attachez les prisonniers à ces charpentes brisées... bouchez avec leurs corps les brèches faites par la mitraille anglaise...

(Les soldats entraînent dans le fond les prisonniers et les [illegible] peu à peu [illegible].)

MAGDALA. Pitié pour eux.

(Théodoros la repousse.)

THÉODOROS. Non!.. La nuit est profonde... les Anglais ne distingueront pas ce rempart humain que j'oppose à leurs balles... et sous leur mitraille tomberont ceux qu'ils viennent sauver. Ils seront fratricides... ces Anglais exécrés! et sera ma vengeance!

([illegible] des prisonniers qui tentent de briser leurs liens.)

BOABDIL. Ah! démons... serez-vous donc infâme jusqu'à ton dernier souffle!..

THÉODOROS. Et maintenant, qu'ils viennent prendre l'aigle jusque dans son aire... venez, venez...

(Il ramasse [illegible] et disparaît par la droite suivi des soldats.)

SCÈNE V

LES PRISONNIERS.

STERNAY. Dans cette nuit profonde, les Anglais ne peuvent nous reconnaître!... nous sommes perdus!

WALTER. Les artilleurs pointent leurs pièces! L'attaque va recommencer!... *(criant.)* Ne tirez pas! ne tirez pas! Angleterre!

TOUS. Angleterre! *([illegible], deux prisonniers sont frappés à mort.)*

BOABDIL. C'est épouvantable! Ellen! Jane! Ils vont les tuer!... Et leur père est là, et lui-même commande l'attaque! lui-même ordonne la mort de ses enfants! [illegible] Oh! ces liens!... ces liens maudits!... Je ne fais que les resserrer davantage! *([illegible])* Ellen! mon Ellen! je vais donc te voir mourir!

(L'attaque continue.)

STERNAY. C'est bien lui!... Dans quelques instants, il n'en restera pas un seul debout!... *(aux autres.)* Frères, avant de mourir, entonnons notre chant national!... nous sommes perdus!... Dieu sauve la reine!

TOUS, *chantant à pleine voix.* God save the queen.

> Protège, Dieu vainqueur,
> La reine, seul bonheur
> De notre cœur!
> Dieu! conserve à jamais
> La reine à ses sujets
> Et sauve le pays anglais
> Le pays anglais!

(A la fin du chant, la fusillade a cessé... [illegible] on aperçoit la cîmage et les [illegible] anglaises.)

TOUS, *avec des cris de joie.* Ils ont entendu!... A nous, Anglais! A nous.

WALTER. Ils jettent leurs sacs!

STERNAY. Ils dressent les échelles.

BOABDIL. Ils montent! Ils montent!

JANE, *embrassant Ellen.* Nous sommes sauvées!

(Cris, tumulte. Les Anglais se précipitent dans la forteresse.)

TOUS. Hurrah! Hurrah!

BOABDIL, *saisissant une arme.* La bête fauve est traquée! Que la chasse continue! A l'assaut!

TOUS. A l'assaut!

SCÈNE PREMIÈRE

Soldats abyssins, THÉODOROS, HASSAN, État major.

(Au lever du rideau, tous les plateaux sont couverts d'Abyssins en observation. Théodoros est au premier plan avec son état-major. Hassan. Sur les montagnes venant des Anglais.)

THÉODOROS. Les Anglais ont commencé à gravir ces roches... Avant qu'ils aient pu parvenir jusqu'à nous, ces gouffres les auront engloutis! Le triomphe ou la mort!...

TOUS. Le triomphe ou la mort?

(Théodoros descend, puis à Hassan avec lenteur.)

THÉODOROS, *à Hassan.* Si nous sommes vaincus, je ne veux point tomber vivant aux mains des Anglais! Tu m'as compris?

HASSAN. Tu mourras!

(Ils sortent par la droite.)

THÉODOROS. Frappe au cœur! Je veux mourir en roi! *(Il jette son épée. A tous.)* A la forteresse!

TOUS. A la forteresse!

SCÈNE II

Soldats abyssins, Les Amazones, Cavalerie anglaise.

(Les soldats abyssins descendent dans les rochers et les placent en observation. La reine des amazones, à cheval et armée, paraît, regarde à droite, descend d'un bond et regarde à gauche, puis elle fait retentir [illegible], remonte au grand galop et appelle les siennes. Entrée des amazones. Charge menée à gauche. Pas un moment, le grand mouvement de toutes ces troupes de femmes, d'enfants et de vieillards et armes qui fuient. La citadelle, se placent et [illegible]. Peu de temps après, [illegible] de cavalerie, les amazones rentrent repoussées par la cavalerie anglaise, qui les poursuit l'épée dans les reins. Tableau. Entracte.)

QUATORZIÈME TABLEAU

LA PRISE DE MAGDALA

SCÈNE PREMIÈRE

L'artillerie anglaise. Abyssins.

(L'armée anglaise franchit les rochers avec son artillerie de campagne. Pendant qu'on actionne les pontons [illegible], sur le premier plan l'artillerie se place et fait sa brèche la forteresse. Les soldats d'escalade. Porte des Abyssins. Elle Anglais se portent à leur poursuite et pénètrent avec eux dans la forteresse. Brèche et assauts des rochers. Un soldat paraît sur les roches qui s'effondrent et plante le drapeau... Incendie. Cris de victoire. Tous redescendent de Son côté et les pas, entre le tournoi des [illegible].)

SCÈNE II

Les Mêmes, BUTLER, BOABDIL, ELLEN, JANE, Prisonniers abyssins, WALTER et les autres ambassadeurs.

LES ANGLAIS. Théodoros! Théodoros!

(Théodoros entre par la première plan à droite, une arme chargée portée par des [illegible])

gière... Les soldats anglais, l'armée roumaine, l'assommoir, les drapeaux, les couleurs, etc. Théodoros est étendu mourant. Auprès de lui se tiennent le Dedjaz et Machécha.

SCÈNE III
LES MÊMES, THÉODOROS, MACHÉCHA, LE DEDJAZ, HASSAN.

THÉODOROS, *d'une voix faible.* Théodoros a préféré le trépas à la captivité... Ils m'ont vaincu, ils ne m'ont pas déshonoré... Adieu, ô mon Abyssinie bien-aimée... Plaines et solitudes! adieu! Et vous, fauves habitants du désert, lions et tigres, mes frères, je ne vous verrai plus... Celui qui dominait va expirer... Celui qui régnait dans la lumière va tomber dans les ténèbres! Anglais... vous avez pris le royaume, vous ne prendrez pas le roi....

Il meurt.

Les amazones sont redescendues et se tiennent en groupe sur les plateaux. — Magdala brûle au loin. — Tableau. — L'orchestre exécute la fanfare avec une queue.

La toile tombe.

FIN

NOTE POUR LA PROVINCE

Pour les théâtres secondaires où le drame de *Théodoros* ne pourrait être représenté avec les développements indiqués, la mise en scène pourra être modifiée de la façon suivante :

1er Tableau. — (A Londres.) — Tel quel.

2e Tableau. — (Le Meeting.) — Tel quel.

3e Tableau. — (Le roi des rois d'Éthiopie.) — Tel quel, en supprimant le ballet des almées.

4e Tableau. — (Les prisonniers anglais.) — Tel quel.

5e Tableau. — (L'évasion.) — Entièrement supprimé.

6e Tableau. — (Un lunch dans le désert.) — Tel quel.

7e et 8e Tableau. — (Le campement et le mirage.) — Tels quels, avec la nuit pendant tout le tableau et le jour à la fin seulement.

9e 10e et 11e Tableaux. — Les bourreaux de Nègres, une fête au palais des Lions, et la charmeuse de serpents. — Réunis en un seul tableau, et se passant dans le palais de Théodoros. — Après ces mots : *Je lui jure alliance et protection*, ajoutez ainsi : Enfants, vous êtes libres, ce n'est plus une prison qui doit vous servir de demeure, c'est notre propre palais.

ISSÉ. — Sire, dans le cachot d'où l'on nous a tirées, notre mère mourante nous appelle en pleurant!

THÉODOROS. — Pour elle comme pour vous, la liberté, jeune fille. — Qu'on aille délivrer la femme du pasteur!

SARAH BUTLER, *entrant.* La liberté! Dieu me la donne; je vais mourir et je ne te crains plus !

Le reste tel quel. Le ballet de la charmeuse supprimé.

12e, 13e et 14e Tableaux. — (Le blockhaus, les amazones, et la prise de Magdala.) — Réunis en un seul et se passant dans la forteresse.

Après ces mots : *A l'assaut !* entrée de Théodoros, mourant, couché sur la civière :

THÉODOROS : Théodoros a préféré le trépas... etc.

Avec ces modifications, le drame ne forme plus que cinq actes et huit tableaux.